誰にでもできる恋愛

村上　龍

幻冬舎文庫

『誰にでもできる恋愛』まえがき

誰にでもできる恋愛、というタイトルは連歌《れんが》で言えば上の句で、本当は、そんなものがあるのか、という文が下の句としてあとに続く。恋愛というのは誰にでもできるものではないし、また恋愛というのはどうしても必要なものだろうかという疑問もこのタイトルには含まれている。

言うまでもなく恋愛はコミュニケーションの一種だ。現在の日本では、経済活動のシステムが変わりつつあって、それに伴い個人対個人、あるいは個人対共同体のコミュニケーションのあり方も変化しようとしている。

そういう状況の中では、コミュニケーションの一種である恋愛のあり方も変わっていくかも知れない。この本はその変化の可能性について書かれたものだ。

村上龍

誰にでもできる恋愛

CONTENTS

誰にでもできる恋愛

本当の恋愛ができる人間の資格

　結論から言うと、誰にでもできる恋愛などというものはありません。男も女も同じです。リスクを負える人間、つまり自立した男女にしか恋愛をする資格はないわけです。じゃあ、どうしてこんなタイトルを付けたかというと、反語というか、逆説的な意味を込めようと思ったからです。

　つまり、誰にでもできる恋愛というのは非常につまらないものだということですね。その人が個人として持っている特別な力が、恋愛を特別なものにして、輝かせる場合があるだけで、平凡な恋愛なんかありません。

　わたしたちって本当に平凡な恋愛をしているの、なんて言っているお友達が周りにいたら、よくその人の顔を見てください。美人でしょう？　そうでなかったら、何かその人にしかできない仕事を持っているかだと思います。

　じゃあほとんどの人は恋愛なんかできないじゃないかという意見もあるかと思います

が、その通り、たいていの人はできないんです。その証拠に、どんなにすてきだと思う彼ができても、そんなスィートな時間はすぐに終わるでしょう？　ある時間が来ると、えっ、こんな人だったの、という幻滅がかならずやってきます……みたいなことをえんえんと書こうと思ったのだが、悲しくなってきた。

そもそも、どうしてみんな恋愛をしたがるのだろう。きっと寂しいからだろうと思う。そして、寂しさが顔と雰囲気ににじみでている人は、もてない。残酷なようだが、もてる人というのは、寂しくない人生を送っている人なのだ。

去年、女子高生の援助交際をモチーフにした小説を書いたとき、取材で、初めてテレクラに行き、伝言ダイアルを聞いた。渋谷の、センター街の中にあるテレクラで、入ろうとした瞬間に、「あ、村上龍だ」という声が聞こえて思わず通り過ぎたりした。恥ずかしかったのだ。どうして恥ずかしいのだろう、と考えた。それはやはり、自分が寂しいということが恥ずかしいのだろうか、と。正確に言えば、そうではなかった。

人間なら寂しくて当たり前です

・

寂しい自分は、恥ずかしいことではない。生物学的に、わたしたちはみんな寂しい。

人間という種は、まず十カ月間、母親の胎内にいてからこの世に生物として生まれ出てくる。胎内では完全に保護されているがそれについては他の生物も同じだ。つまり、胎内で「寂しい」と感じる生物はいない。

生まれ出てきて、牛や馬はすぐに立つことができる。敵に襲われても、母親と一緒にすぐに逃げることができる。だが、人間の乳児はそうはいかない。母親に「抱かれて」逃げなくてはいけない。そういう期間が約十カ月続く。

やがて、乳児は母親の腕から降りる。それは何を意味するか？　他者と世界に出会うのだ。胎内にいるときや母親の腕に抱かれているとき、わたしたちは宇宙と一体になっているような感じで生きている。だが、それを終えたわたしたちは無意識のうちに、「自分と母親は違う存在だ」ということを理解しなくてはならない。それが人間の最初の仕事で、ものすごいストレスがかかるものらしい。母親と自分は別々の生き物で一体ではない、という認識は幼児に苦痛とそして自由を与える。

そうやって十数年が過ぎると、わたしたちは家族と別れるときを迎える。動物で言うと、「群れを出ていく」ということになる。わたしは十八で東京に出ていった日のことを今でもよく憶《おぼ》えている。さすがに泣きはしなかったが、寂しさと同時に、前方に道が広がるような自由を感じた。群れを出ていく動物にはそういう感情はない。生き延びていくための、闘争と試練があるだけだ。

だからわたしたちは本質的に寂しさと共にある。自由と引き替えに寂しさを味わうのだと初めから決められているのだ。その寂しさは、あるとき耐えがたいものとなることがある。特に、母親の腕から離れるときやそのあとの家族関係にある欠落があった場合にはその寂しさは増幅され、手に負えないほど深まってしまう場合がある。

さて、だったらテレクラに行くのになんら恥ずかしさはないようにも思えるのだが、そうではないのはなぜだろう。わたしは寂しいからテレクラに行って見知らぬ人からの電話を待つ、それの何が悪いんだ、と開き直れないのはどうしてなのだろう。たぶん悪いことではないと思う。恥ずかしいことなのだ。誇れないこと、胸を張って親や肉親には言えないこと、だと思う。援助交際も、同じだ。危険だからやめたほうがいいが、悪いことではない。やはり、恥ずかしく、誇れないことなのだ。

他者との出会いは簡単ではない

「ママはね、あなたが生まれる前にね、援助交際をしていたのよ、知らないおじさんとご飯を食べたり、ときにはセックスをしたりしてお金をもらっていたのよ」

確信犯的な、筋金入りの女子高生でも、そういうことを自分の子どもには言えないだろう。

なぜ、テレクラや援助交際は、誇れないのだろうか？

そういうことをやっている他人を見て尊敬できる人はいない。できればそういうことをやらずにすむ人になりたいとわたしたちは思う。テレクラで知り合った男とセックスをする女は軽蔑される。

なぜか？

それは、寂しさと共に生きる人間という生き物にとって、他者との出会いが非常に大切なもので、しかもそれは簡単ではないということを、わたしたちが本能として知っているからである。わたしたちのあらゆる努力は、よりすばらしい他者と出会う可能性を高めるためにある。それは道徳などではなく、種としての人間の本能的な欲望なのだ。他者を喜ばせたい、他者から好かれたい、他者を感動させたい、他者から尊敬して欲しい、それらはわたしたちの自然な欲望で、しかもそれを実現することは非常に難しい。なぜなら、他者にたとえばお世辞を言っても感動してもらえないからだ。

なんだか、難しい話になってしまったかな？

わたしの幼なじみに、Aという女性がいて、彼女は本当に男に恵まれない。だまされてばかりで、しかもだまされ方も悪質だ。彼女は幼稚園、小学校、中学、高校とずっと男子生徒のアイドルだった。何で君みたいな女がそうやってどうしようもない男に引っかかるんだ、とわたしは会うたびに言うが、「まあ、運命かも知れんね」と彼女は笑いながら答えるだけだ。彼女はバカみたいに人が良くて、自分をだました男でさえ決して恨《うら》まない。

Bという幼なじみは、やはり中高のアイドルだったが、人もうらやむ結婚をした。ご主人は立派な人物だ。数年前、その二人の幼なじみに続けて会う機会があった。Aはいまだに息を呑むほどきれいで、Bは完全なおばさんと化していた。

生きていくのは簡単なことではないと思ったのをよく憶えている。

結婚がうらやましくない時代

読者のみなさんの*電話恋愛相談を見せてもらった（もちろん仮名にしてありました）。みんな切実なのだろうと思ったが、そのほとんどはどうでもいいことのように思えた。みなさんの相談がくだらないというわけではありません。今、恋愛がどうでもいいことになりつつあるような気がするということです。

昔は、といってもどのくらい前なのかはっきり言えと言われると困るのだが、恋愛する人たちは、努力する必要を認めていたような気がする。日本全体が貧乏だったし、娯楽は極端に少なかった。

音楽を聴くためには、レコード屋でこれはと思うものを探し、ときには輸入盤を一日中探し回ることもあった。ただ、好きな人と一緒に聴くためである。

昔は良かったと言っているわけではない。昔には戻れないのだから、懐かしんでもしようがない。ただ、昔は「のどかな」時代だった、というだけだ。今と比べて特別に楽しかったわけでもない。どんな時代にも楽しめる人とそうでない人がいると思う。楽しんでいる人は、努力する人だ。

努力という言葉には、額《ひたい》に汗して彼女の荷物を持ってやっているかわいそうな男のイメージがあるが、それは違う。この国では、努力という言葉は暗いニュアンスを持っている。自分のために努力するのがひどく難しい国だからだ。

わたしが小学生の頃、学校には「今週の努力目標」などというものがあって、「花壇の掃除を進んでやりましょう」とか「挨拶をきちんと行いましょう」とか「給食を残さないようにしましょう」といったことが決められていた。

なんのことはない、自分のためのものではなくて、学校の規則に従うためのものだったのだ。学校は(特別な私立学校ではない限り)、社会の規範を生徒に押しつける。

わたしたちがずっと教えられてきたものは、個人が払う、「社会」のための「努力」だった。そんなものに、明るくポジティブなイメージがあるわけがない。

*連載雑誌『SAY』の読者相談コーナー。「ホットライン」と称し、読者の方からの相談に編集部員が親身になって答えている。

「自分のために」努力できる男がいない

だから、努力というと、「無理して」何かをハードに行う、というイメージができてしまっている。たとえば恋愛をしている同僚に向かって「いやあ、努力してるね」と言うと、無理してがんばっているということになってしまう。大して好かれてもいないのに、必死に花を贈ったり、電話したり、食事に誘ったり、セーターを編んだり、お弁当を作ったり、そういう人のことが頭に浮かんでしまう。この国では、「自分のために」努力するという概念がない。すべての努力は、周りのみんなのために、社会のために払われるべきだという強制力がある。

当たり前のことだが、それは嘘だ。努力は我慢と同義語ではない。

日本が貧乏で、近代化の途上にあったときはごまかしが利いた。みんなでこの国を立派なお金持ちの国にしましょう、という共通の願いがあったから、「自分より社会」という価値観にリアリティがあったのだ。現在、その価値観だけが亡霊のように残って、実際のわたしたちの意識は完全に変わってしまっている。

一所懸命働くおとうさんだって、無条件には尊敬されない。会社の奴隷となっていたり、かっこ悪いとされている職業の場合には、働けば働くほど、「バーカ」と言われてしまったりする。

誰も何も言わないが、とっくの昔に個人の時代になってしまっているのだ。個人の時代になると、価値観は当然変わる。その人間のバックグラウンドはその人間の魅力とイクオールではなくなる。一流企業に勤めているブオトコより、ハンサムな無名のミュージジャンのほうがもてるようになる。だから男たちは、当然生き方を変えなければいけないのだが、そんなことを真剣に考えている男は少ない。

わたしは、ブスな男は整形手術をしろと言っているわけではない。経済的に、また人格的に自分を何とかして高めていかなくてはいけないのだが、そんなことをしている男は非常に少なく、逆に脱毛とか日焼けといった、意味のない「努力」がもてはやされている。もっとはっきり言えば、確固たる職業を持たなくてはいけないのだが、それを確信して、日々努力している男はとても少ない。

だから、女のほうは苛立《いらだ》つ。

ひょっとしたら、恋愛というものが成立しない時代なのかも知れない。街角で見かけるアベック（古い言葉だな、この言葉はきっとフランス語のアベク〝一緒に〟からとったのだろうが、死語ですね）の様子が変だと思うのはわたしだけだろうか？　変というか、見ていてちっともうらやましくならないカップルばかりなのだ。二人の歳が若ければ若いほどその傾向は顕著である。

安易な恋愛を拒否していこう

高校生のカップルが一番わかりやすいかも知れない。渋谷なんかで、腕を組んで歩いているのはだいたいブスな二人連れだ。おっ、と思わず振り向きたくなるような美人の女子高生はたいてい少人数のグループで歩いている。かっこいい男の子は、というとわたしはそういう人はあまり注目して見ないからわからない。

わあ、いいなあ、とうらやましくなるようなカップルはどこへ行ってしまったのだろう。かぶと虫やクワガタが年々少なくなるのと同じで、山の奥へと引っ込んでしまったのだろうか。山の奥へ引っ込むことはないだろうが、恋愛の相手を見つけるより、まず自分が生きていくために必要な何かを身につけるのが先だ、という考えが浸透しつつあるようにも思えるのだがどうだろう。

特に女性の側にです。何がなんでも二十代前半のうちに男を見つけなきゃ、というこれまでの一般的価値観が女性の側でどんどん希薄になっている。ちょっと付き合ってやっただけで結婚結婚ってうるさいんだから、という声が聞こえてくるのは女性のほうからである。結婚はまったく流行《はや》ってないようだ。結婚式に出てきたばっかり、という女性に会っても、友人の結婚をうらやましがるようなことを言うのを聞いたことがない。テレビのドラマで、女性の結婚がメインのテーマではなくなったのはいつ頃からだろうか。テレビはまともに見ていないので詳しくは知らないのだが、女性の社会的価値観をはかる重要な尺度になると思う。

昔は母もの・家族ものがホームドラマという名で人気を集めた。今はそんなことはない。今のテレビドラマに登場する女性はほとんど職業を持っている。主婦もいるが主婦はたいてい事件に巻き込まれるだけの役が多い。

どういうことか?

一人で生きていかなくてはいけない時代がすぐそこに来ていることに、男たちより女性のほうが無意識のうちに気づいているのではないだろうか。この連載エッセイの一回目に書いたように、わたしたちは本質的に寂しい生き物である。

寂しいと感じるのは異常なことではなく、ごく自然なことなのだ。だから、寂しさを

「紛らわす」のではなく、寂しさから少しでも自由になれるような生き方を女性たちが探し始めているような気がしてならない。それは良いことだと思う。だから、とりあえず男を探す、というような女性は精神とからだ・顔のブスだけとなり、カップルのレベルが劇的に低下しているのだろう。

誰にだってできるような安易な恋愛を拒否して、より充実した「関係性」を求めて努力を始めている女性が増えているのだと思う。そういう女性が増えることは、この国が本当の文化的先進国の仲間入りをしようとしている証拠であり、実に喜ばしい。

自立してない人間に恋愛はできない

本誌の、ホットラインというやつを一部見ました。相談の、内容はいろいろだが、基本的に恋愛に関するものだった。年下の彼が風俗で浮気しているようだ、恋人が親離れをしていなくて困る、彼がもう一人の女と自分と二またかけていてどちらを選ぶか決断しない、彼の仕事が忙しくてなかなか会えずたまに電話があると、浮気してるんじゃないかなどと言われて悲しい、自分のほうからアプローチしたんだけど彼の気持ちがはっきりしなくて無駄なことをしているのではないかと思ってしまう、そういったものだった。

あれ？　わたしのことではないのかな、と思った人もいることでしょう。とても一般的な悩みだと思う。わたしは非常に興味深くそれらの相談を読みました。ホットラインは本誌の編集者が対応しているらしいけど、上手に客観的にしかも暖かく答えていて、そのことにも好感を持った。

だけど、こういう問題は当事者の努力だけで解決がつくのだろうか、という、みもふたもない疑問を持ったのも確かです。というのは、五つのケースとも、まず男の側の問題であって、しかもそれは「彼」の生き方に関わっているような気がしたからだ。

もっと長い目で見る、とか、彼の気持ちも考えてあげる、とか、ときにはきちんと厳しいことを言うのも必要だ、とか、もう少し我慢してみたら、とか対応する人は適切なことを言っていると思う。決して間違ったことを言っているわけではない。相手にどう接するかとか、相手の態度をどう理解したらいいかとか、そういうとりあえずの方策はもちろん大切だ。

思い返してみれば、二十年ほど前は人生相談が花盛りだった。わたしもたまに読んでいた。印象に残っているのは、将棋の米長邦雄《よねながくにお》さんの回答だ。頭が良くて文章もうまいので、回答が的確だった。確か泥沼流というタイトルが付いていたような記憶がある。

「……今は、辛い時期だと思いますが、泥沼で長いこと耐えた蓮だけが美しい花を咲かせるのです、ああ、あの頃は美しいときだったと思えるときが来るかも知れません、ただ、それがイヤだというのももちろん選択肢の一つです、わたしたち棋士はそういう可能性について、それも一局の将棋、などという言い方をしますが……」

米長さんの回答はそういう感じだった、と思う（違っていたらすみません）。見事な答えだなと感心していつも読んでいたのを憶えている。将棋を専門とする、いわゆる勝負師だから曖昧《あいまい》なところがなく、人生には敗北もあるがそれもそんなに悪いことではない、という優しさもあった。

元横綱の北尾も人生相談をやっていた。「あの人も好き、でも主人とも別れられない弱いわたしです、どうすればいいのでしょうか？（岩手県、主婦、三十五歳）」みたいな相談に、北尾はたとえば次のように答えたりしていた。

「……自分にはそういう難しいことはわかりませんが、とにかく前に出ることです、相撲も人生も出足《であし》だと自分は思います……」

いつの頃からか、人生相談が雑誌から消えた。今でもやっている雑誌や新聞もあるが、あまり目立たない。相談する人が減ったのだろうか？　みんな充実していて、トラブルのない恋愛をするようになったのだろうか？

そんなことはないと思う。実際に本誌のホットラインには多くの電話が寄せられていると聞いた。恋愛や人生に悩んでいる人は増えているはずだ。そして、それはちょっとした助言で解決するようなものではなくなっているのではないだろうか。

この連載のタイトルには、もちろん逆説的な意味が込められている。つまり誰にでもできる恋愛などないということだ。

テレビドラマが恋の見本なのか

「よくテレビとかで出てくる、ほら、休みの日に何かハミングしながら、サンドイッチを作って、二人でピクニックとか遊園地に行くとかそういう恋人同士ってやつを夢見ていたんだけど、現実は違った、わたしがぐれちゃったのが悪いんだけどね」

数年前出版されたAV女優のインタビューを集めた本の中で、そういうことを彼女たちはよく言っていた。よくテレビとかで出てくる……確かにテレビには、さまざまな恋愛が登場する。ほとんど見ていないのでわからないが、その恋愛はうまくいかないこともあるし、登場人物たちがみんな良い人たちばかりでもない。そして、ストーリーにはあまりリアリティがない。たいていの人は、これはテレビだからと客観的に見ているのだと思う。だが、テレビドラマがある恋愛のモデルを提供することも確かだ。前回も確かテレビドラマのことを書いた。結婚がテレビドラマのメインテーマにはならなくなった、というようなこと。テレビは、基本的にお茶の間で楽しむものだから、見るほうも作るほうも、人を本質的に不安にするようなストーリーは避ける。わたしはテレビを批判しているわけではない。テレビドラマはメディアとしての性質上そういう安定的なものにならざるを得ない。それはしょうがない。

わたしたちは、生きていく上で、モデルを必要とする。ここで言うモデルとは、見本というような意味だ。子どもは、まず親をモデルにして育っていく。狼に育てられた子どもは狼少女や狼少年になる。親の真似をして育っていくのだ。親が充実した生き方をしていなかったら、子どもは、人生というものは大して面白いものではないのかも知れない、と考えるようになる。そして、大人になるのはつまらない社会に入って我慢して生きることだ、と思ってしまう。大人になるのはイヤだ、という子どもが増えていると思う。

思春期になると、親だけではなくて、先輩とか、小説の中の人物とか、あるいはテレビドラマの登場人物もモデルとして考えるようになる。

男たちが生き方を見失っている

一つだけ確かなことがあって、それは恋愛というのは自立した人間によってのみ可能になるということだ。自立というのは、精神的なものだが、実際は経済的に自立していなければ成立しない。

たとえば、金持ちの老人が女子高生と愛し合うこともあるだろうし、その逆もあるだろう。だがそういう関係は絶対に長続きしない、遊戯のようなものだ。二人とも、あるいは片方が自立していない二人が結ばれると、必ずどちらかが甘えるようになる。どちらかがどちらかに頼らないと関係を維持できないからだ。

テレビドラマでは、恋愛のストーリーだけ見せて、どうすれば自立できるかは省かれる。今、女性のほうが、環境が厳しい分だけ真剣に自立を考えていると思う。より良い仕事を得るためにはどうすればいいか、そういうことを考えているのは女性のほうだ。男のほうは、自立のための努力なんかどうでもいいと考えているような印象を受ける。充実して生きるためにはどうしたらいいのか、という努力を放棄している男が増えているような気もする。生きていく基準を、最優先事項を見失っている、男たち。

読者のホットラインを読んで、わたしが考えたのはそういうことだ。人生相談が意味を失っているように見える理由も同じだと思う。

つまり、男が自立できていない場合、または自立しようという意志のない場合、あるいは自立なんか考えたこともないという場合、恋愛におけるトラブルは簡単な助言では解決できないものとなる。

だからといって、男女の出会いは、無限にあるわけではないから、「そんな男はすぐに捨てろ」などとも言えない。

寂しいからと、単純に恋愛に頼る限り、日本の女性の受難はこれからも続くだろう。明るい兆しはどこにもない。

男をダメにする女から女をダメにする男へ

また読者のみなさんのホットラインを一部読んだ。風俗にはまってしまった彼氏のことを相談している人が多い。そういうのは氷山の一角なのだろうから、実際に付き合っている彼が風俗に行っていて困るという人はもっともっと多いのだろう。

どうすればいいのか。

わたしにはわかりません。無責任なようだが、本当にわからない。たとえば、わたしの姪《めい》が、（実際のわたしの姪はまだ中学生だが）同じような悩みを相談してきたらどう返事するだろうか。その男を姪が好きだとしたら、「別れてしまえ」と簡単に言うこともできないし。というようなことを考えていたら、本当に姪がそうなるのではないかと思えてきた。というのは姪はしっかり者だからである。

つい最近までは、男をダメにする女、というカテゴリーがあった。それは、減っている、と思う。女のレベルが上がったというよりも、最初からダメな男が増えているからである。ダメにしようにも、最初からダメなので、無理、というわけです。そのかわり、女をダメにする男、というのが増えていると思う。

わたしの知り合いの女の子が、セックスが嫌いなんです、と言った。理由を聞いてみると、初めてのセックスのとき、「お前はソープランドの女みたいにあそこを締められないのか」と言われたらしい。下手くそだ、と。その男は他にも彼女がいて、そのことをまるで自慢するように平気で喋ることもあったそうだ。わたしの知り合いの女の子は、いつも頭にきたが、その彼氏が何か頼ってくるようなところがあって、それが心地よくて我慢したのだという。その子も、しっかり者だった。しっかり者というのは、自分で自分のことを、経済的にも精神的にも制御できているということだ。どういう風に生きていくかというモデルをきちんと持っているということでもある。

子どものままで生きている男たち

それは立派なことで自分はそういう女ではない、などと思わないように。働いて自分の生活を自分で維持していればそれだけで充分に立派なことなのです。経済的に他人に頼らずにすむ、ということは基本中の基本で、それができていなければ、恋愛もできないとわたしは思う。

夫に頼りきった主婦より、売春婦のほうがわたしは好きだ。

人に頼られるということの中には歪《ゆが》んだ快楽が潜んでいる。人間には、誰かの幸福に関与したいという欲求があるものだ。わたしたちの祖先は決して一人では生きてこれなかった。みんなで共同して狩りや採集をしなければ、ウサギだって捕るのは難しかっただろう。大昔からの共同作業の名残《なごり》は、他人から尊敬される、社会から有用だと思われる、という快楽の中に残っている。

大切だと思う他人のために何かできることがあるということよりも大きな喜びは、他にあまりないとわたしは思っている。他人が自分のために何かしてくれることよりも、自分が他人のために何かをなしうることのほうが、贅沢な喜びなのだ。

ただ、力が絶対的に弱い子どもの頃はそうはいかない。どうしても親に頼ることになる。特に幼児の頃は、親がいないと食事もできない。自分で生活費を得ることができるようになるまで、わたしたちは基本的に親の世話を受ける。他の動物に比べて、人間の子どもが親に頼る期間は恐ろしく長い。

わたしたちは、空腹のときに親からおいしいものを食べさせてもらった喜びを憶えている。不安なときや寂しいときに抱きしめてもらった記憶もある。そのとき自分がどれだけうれしかったか、どれだけ親に感謝したか、その記憶は脳のハードディスクの中に刷り込まれているのである。

だから、そういう優しくしてもらった記憶を持つ子どもは、成長して、同じようなことを大切な他人にしたいと思うようになる。他人も、小さいときのわたしと同じようにきっと喜んでくれるだろう、とそう考える。自分が味わってきたのと同じ種類の喜びを、自分が、他の人に味わわせることができる、そういうことを確認して初めてわたしたちは「生きている」という実感を持つことができる。

臨床心理では、「共依存」というらしいが、親子でも夫婦でも恋人同士でも、「もたれ合う」ことが増えているのだそうだ。甘え合うのである。相手が自分のためにどれだけの犠牲を払ったか、そのことだけで、相手の自分に対する愛情を計る。

ただし、子どもの頃に何らかの理由で親から正常な愛情を示してもらっていない人は、「甘え」を認めることでしか、愛情を確認できない。また、臆病なために、成人してからも子どものままで生きている人も「甘え」と愛情を混同する。増えているのは、その種の男だ。

しっかり者の女は、その種の男を見て、「ああ、この人はわたしがいないとやっぱりダメなんだ」という歪んだ安心感を得る場合が多い。そういう甘えを一度許すと、その種の男はどこまでも甘えてくる。わたしの姪がしっかり者なので心配になったというのはそういう意味である。

みなさんは例の神戸で逮捕された十四歳の少年についてどう思いましたか？　この問題についてわたしは発売中の『文藝春秋』というおじさん向けの雑誌に詳しく書いています。興味ある人は読んでください。あの事件は、今この国でいろいろなものが機能を停止していることを暴露《ばくろ》しました。暴露したからあの少年が偉いとかそういう意味ではなくて、ある事件が何かをはっきりさせるということはよくあることです。

思春期の頃には、自殺を含めた破壊的で異常な想像力に捉《とら》われる子どもはたくさんいるものだ。わたしもそうだった。でも、それを実行に移さないように、いろいろなものが機能している。それを実行に移すことが「罪」だと教えるために、たとえば宗教や法律や理念や教育や芸術があり、またもっと身近なものとして、家族と友人がある。あの少年は「罪」を認識できなかった。そのことではもちろん、あの少年が悪い。だが、普通だったら抑止力として働くものが機能を停止しているのも事実だと思う。

「世間」の奴隷には恋はできない

この国では「世間」の力が強い。システムと言ってもいい。だが、それが昔ほど機能していないし、もう昔には戻れないし、昔を懐かしんでも仕方がない。

システムは主に男たちが動かしてきたものだ。システムが壊れたというわけではなくて、近代化という大目標を達成して充分にお金持ちになったために、システムを維持する意味が失われたわけだ。

会社で働くおとうさんは、どれだけ業績を挙げても会社以外では家庭でも同窓会でもまったく尊敬されない。おとうさんもおじさんたちもそしてその下で働く若い男たちも、一様に働く目標を見失っている。充実して生きていないから、自信がない。

だから彼らはしっかり者の女に甘える、とこういう図式になる。じゃあ、どうすればいいのか？　もう、システムが個人を支える時代は終わったということだ。「世間」に頼るような男はダメということ。会社で出世しようとしている男は、恋愛はできない。

風俗にはまるような男は、「世間」の奴隷です。男がたまに風俗で遊ぶのは仕方がない。でも、はまるのは、寂しくて暇だからだ。

寂しくて、暇な男、会社に頼っている男、できればそれらは止《や》めたほうがいいけど、でも考えてみたらそういう男ばっかりですからね。だから、あまり恋愛に頼らないことが重要なんじゃないかな。別に恋愛しなくても死にはしないから。

寂しさから自由になれるただ一つの方法

またみなさんのホットラインを見ました。テレクラで知り合った彼とうまくいかなくなった、年下の彼とずるずると長年付き合っているがどう進展させていけばいいのかからない、彼に二またをかけられている、だいたいそういう感じだったかな。もう、わたしにはわかりません。正直言ってくだらない。本人は切実なのでしょうが、聞いているほうは「いい加減にしてくれ」という感じです。

夏には、例の神戸の十四歳の少年の殺人を中心にいろいろな事件があって、それはすべてくだらないものだった。無職の男が女子中学生を轢《ひ》き、その後に殺したとか、白骨死体を部屋の中でずっと冷蔵庫に入れていたとか、整形しながら逃げ回っていた女の殺人犯とか、なんかいろいろあったようだけど、なんていうか、起きたことは残酷だが、事件そのものはくだらないし、つまらない。もうたくさんだ、というのが今の正直な気持ちです。

読者からのホットラインもそれに少し似ている。きっと当人たちは深刻なのだろうが、男女の問題として非常にくだらない。もともと他人の恋愛というのは、そのほとんどがどうだっていいものだ。ダイアナは死んでしまってかわいそうだが、生前あの人がチャールズとどうなろうと別に知ったことではなかった。

他人のことを気にしている暇はない。みんながそういう風に思うことが、醜悪な暴露記事を防ぐ唯一の方法だが、暇な人が多いのでそれはきっと無理だろう。

あまりにもくだらない事件ばかりが起きるこんな時代だからこそ、「そんなこと自分には何の関係もない」という認識はとても大事だと思う。たとえば、あの神戸の十四歳の少年の中学の校長は、少年逮捕後の記者会見で、こんな大きな事件が起きてどうしていいかわからない、という意味のことを苦渋《くじゅう》に充《み》ちた表情で言っていた。

この人は責任を取ろうとしているのだろうか、とわたしは不思議に思った。異常な想像力に捉われた少年が猟奇的な殺人を犯す、そのことに対して責任なんか誰も取れない。いったい校長は誰に対して責任を取ろうと思ったのだろう。あの校長に限らず、何か事件が起きたとき、みんな決まって言うことがある。

「世間様をお騒がせして申し訳ない」

この台詞《せりふ》はこの国ではいやというほど繰り返される。本当に変な台詞だと思う。世間というのはいったい何を指すのか？　世間には誰が含まれるのか？　誰にだって間違いというものがあって、それが法律を破るようなものだったら、処罰の対象になる。それだけのことだ。世間というのがわたしにはわからない。それはたぶん一種の共同体だと思われる。田舎では、たとえば高校生がピアスをすれば注意されるらしい。

仕事を持つことの意味

「そんなことをすれば世間に対して恥ずかしい」というのがその主な理由だと思う。高校生がピアスをしてはいけない、という法律などないからだ。西洋では女の幼児がピアスをしている。西欧先進社会では女子高生がピアスをしても「世間」は何も言わない。というか「世間」がない。信じられないことに「世間」があるのはこの日本だけなのだ。

そして、誰も言わないが、もうこの国からも「世間」は失《な》くなろうとしている。「世間」というのは「社会」のことではない。世間は、この国でまるでアメーバのようにどのようにも変化して、機能してきた。ある団地があって、そこで主婦が数人集まればそこでもう、「世間」が成立する。会社に入れば、その職場が世間だ。法律を犯して刑務所に入ればたぶんそこにも受刑者同士の「世間」というものがある。つまり「世間」とは「仲間外れになると面倒なグループ・集団」と定義できるかも知れない。「学校の仲良しグループ」から「国家」までがその中に含まれる。

それで、「世間」の大きな特徴は、それが平穏なものでなければならないということである。「世間様をお騒がせして申し訳ない」と言ってみんな謝るわけだから、世間は普段は騒がしくないということになる。常態として平穏なものなのだ。こんな時代にそんな都合のいいことが許されるわけがない、とわたしは思う。平穏で、内外に矛盾を抱えていない国なんかどこを探してもあるわけがない。この国は、数十年前の戦争をピークに結構苦労をしてきたはずなのに、「世間は平穏なものだ」という認識がずっと続いてきたのだ。こんな不思議な話はないが、子どもたちにはそういうことが刷り込まれる。親たちが世間の評判を気にして生きているからだ。世間を無視して生きるのは難しい。特に男にとって、世間的な評判は即「もてる」「もてない」の基準になるから、なおさら難しい。

道路工事作業員と大蔵官僚と、仕事としてどちらが面白いだろうか？　わたしは、官僚なんて死んでもなりたくない。地味で、国民のために面倒な事務をえんえんとこなさなくてはならない。官僚みたいなものになりたいと思うのはよほど才能がない人だ、とわたしは常々思っているが、現実はそうではない。大学の文系のエリートは今でも官僚を目指すらしい。天下りでおいしい思いをするためだという説もあるが、それは一部の人で、しかもジジイになってからの話だ。官僚というのは人生を無駄に生きる人の代名詞のようなものなのに、多くの男がいまだにそれに憧れているのは「世間」から偉いと思われているからだ。つまり道路工事作業員より官僚が偉いと決めているのは「世間」なのである。

さて、女性の雑誌にこんな面倒なことを書いてきたのは、どうしたら「世間」と無関係に生きることができるか、ということを考えたかったからです。昔は「世捨て人」になるくらいしか「世間」と切れる方法はなかったものだが、今は女性にもたくさんの職業が確保されているので、有利だ。まず「世間」に惑わされないような、職業を持つこと、わたしはそれ以外には何もないと思う。面白い、と思える仕事を持つこと。すると、どうなるか？　寂しさから、とりあえずは自由になれる。寂しいから、どうしようもない男に関わることになるのだとわたしは思う。寂しさから自由になれるのは、面白い仕事を持った人だけです。趣味ではなく、仕事。それがない人は、現代では、生きるのが難しい。というか、まずダメです。

男なしでも生きられる女に

どうしたら、ダメではない男を探せるのか？　その答えはただ一つ、男がいなくてもとりあえずは寂しくないと思える仕事に就くことで、他にはありません。でも、まあ、難しいだろうな。こうやって書いてきて、なんか絶望的になってきた。

この雑誌を読んでいる女性たちは、どういうカップルをイメージして、恋愛に向かっているのだろうか？　恋愛のモデルは何だろうか？　つまり、理想とする付き合い方というようなものをどこで学ぶのだろう。両親だろうか？　テレビや映画の中だろうか？　それとも恋愛というものは、理想とするものを自分一人だけでイメージできるのだろうか。「世間」が用意する恋愛のマニュアルというものはあるのだろうか？　恋愛は本当に今、個人的なものになっているのだろうか。

わたしは恋愛というのは非常に個人的なものだと思う。それで実は恋愛ができる人は限られている。誰にもできる恋愛というのは非常につまらない。今回は、考えがあっちこっちに飛んで、結論がうまくまとまりませんでした。まあ、なるべく「世間」から自由になるということですけど。

どんな恋の失敗も責任は半分ずつ

また読者と編集部のホットラインをいくつか読んだ。彼が二またをかけている、彼に新しい女ができたがわたしのことも好きだと言っている、わたしに若い彼ができて彼にも別の女ができたがどうすればいいのだろう、みたいな相談だった。他人の悩みというのは、不思議だ。自分に何らかの余裕があるとき、つまり充実した仕事をしたあととか楽しい時間を過ごしたあとだと、優しい気分でそれを読み、できるものなら何とかうまくいかないものだろうかと思ったりする。仕事がシリアスな状況であまり寝てなくて腹も減っているようなときだと、こいつらバカじゃないのか、こんなバカな男に惚れて、などと思ってしまう。

でもホットラインの相談は、リアルだ。いろいろなことを考える。幼児的な男が多いということを感じたこともあった。でも男の側から事情を聞くとまた違った側面が見えてくるのかも知れない。基本的には、よく言われるように、どちらが悪いということはないのだと思う。

恋愛でうまくいかなくなったら、どちらも半分ずつ悪いというのはきっと真実だ。たとえば付き合った男がやくざで、刺青《いれずみ》を入れられてシャブ中になって売春をやらされソープに売られて最後は殺された、というような極端な場合でも、それが従軍慰安婦のような国家的・組織的なものがバックにあるわけではなく個人的な付き合いである限り、やはり男と女に半分ずつ責任があるのだと思う。

いや、悪い男というのは確実にいて、男が百パーセント悪いという場合だってある、と言う人もいるだろう。それは違う。そんな男を選んだ女にも責任がある、ということではなく、責任が半分ずつあるのだという風に認識していないと、男に依存してしまうからだ。

すべてを男のせいにするのは、すべてを男に依存している証拠で、当の問題に関与していないと認めてしまうことになる。でも、最近そういう女は減っているようだ。読者のホットラインでも、他に女ができているのに男のことを責めるわけではなく「でもわたしはまだ好きなんです」というようなことを言っている人がいた。それを未練だというのは簡単だが、女が自分で生きようとしていることの証拠のようにもわたしには思えた。ある意味では自分を裏切った男を、何とかして「受け入れよう」としているようなところもある。

男の身勝手さに気づかず未練を断ちきれないバカな女（おお、大昔の歌謡曲のようだ）という見方もできるが、とりあえずヒステリックに相手を攻撃したりせず、何とか彼の立場を理解して許せるものだったら許し、やり直したい、というようなニュアンスをほんの少しだが、感じる。二十年前はそういう女は少なかったのではないだろうか。わたしはだまされた、ひどい男に出会ってしまったと嘆きながら、荷物をまとめて田舎に帰り草むしりの手伝いをして傷ついた心を癒《いや》していたのではないだろうか。

不幸になる「余力」がある女たち

すでに心変わりしている男を、何とか「受け入れよう」としている女を見ていると、幸福というのは男に頼っての結婚だけではない、充実した仕事を持って一人で生きていくのもそう悪いものではないのだ、という考え方が浸透してきているのではないかという気もする。結婚願望があるんです、と告白している人もいた。でも、本当に結婚だけが目的だったら、他の男を探すのではないだろうか。しかし、そのあたりは正確にはわからない。やはり単に未練がましいだけかも知れない。「受け入れよう」という努力と、未練は紙一重だし、本当はきっと自立心と未練が微妙に重なっているのだろう。

だが、わたしは女が少しずつ強さを手に入れようとしているのだと思いたい。その男だけが人生の拠《よ》り所だから捨てられてしまったあとも未練がましく後を追っている、のではなく、男以外でも仕事や趣味で充実した時間を持ち、「余力」があるためにバカな男を「理解しよう、受け入れよう」と努力しているのだと思いたい。バカで無知だから不幸になる、というのではなく、不幸になるだけの「余力」があるという考え方もできるはずだ。

今回のエッセイで、わたしは「女」という言葉を意識して使っている。普通だったらこういう場合は「女性」と書く。英語は基本的に（単数複数が異なるが）Woman で統一されている。日本だと必ず「女性解放・女性運動」という表現になるが、アメリカなどでは Women's Liberation と別に変わらない。日本で「女解放運動」と言えば笑われるし、リブの運動家（そういえばまだ日本にリブの運動家はいるのだろうか）に怒られるかも知れない。どうして「女」が「女性」に変わったのだろうか。それは、過去に行われてきた女への差別を言葉の問題として処理したからだ。

誤解されると困るが、わたしは差別用語の再使用が必要だと思っているわけではない。被差別部落の人たち、東アジアの民や身障者、などが「使って欲しくない」という言葉はできる限り使わないようにしている。小説は、人にいやな思いをさせても許されるほど偉くなんかない。ヒステリックな差別用語狩りは嘆かわしいことではあるが、差別は昔から厳然とあってそれによって多大な苦痛を受けた人がいるわけだから、言葉に注意を払うのは当然のことだと思う。ちなみに、いわゆる「言葉狩り」については、各メディアがお金と人材を出し合って弁護士を雇い統一された機関を作らない限り対処できない。

「女性」と恋愛する男はいない

そういう差別用語の問題とは少し違う意味で、この国では言葉によるごまかしが横行してきたし、いまも横行している。女というのはいい言葉だと思う。発音も柔らかいし、字のかたちもきれいだ。その言葉がパブリックな場所ではほとんど使われなくなった。たとえばテレビのニュースで「この問題に関して次に女の意見を聞いてみました」などとは決して言わない。

「女性」は「女」の複数形ではない。「女」という言葉には余計な意味がついてしまった。「女の論理」と「女性の論理」という二つの言い方は本来同じ意味のはずなのに、今では完全に違うものになった。「女の論理」というと、どことなく論理的ではないような、「子宮でものを考える」的な小馬鹿にしたニュアンスがある。「女性の論理」はどことなく客観的でちゃんとしている感じがする。確かに「女」には個人的なニュアンスがあり「女性」にはジェンダーとしての女性全体という本来の意味もある。

だが、ジェンダーとしての「女性」がどことなくちゃんとしていて、個人的なニュアンスのある「女」がどことなく蔑《さげす》まれている印象があるのはおかしい。当たり前のことだが「女」という言葉自体には何の罪もない。悪いのは「女」という言葉にネガティブな意味を与え続けてきた社会だ。社会というものは国会議事堂かどこかにぽつんとあるわけではない。社会というのはわたしたち人間の集まりだ。客観性と尊敬を持って使い続ければ「女」という言葉は復権すると思う。

「女性」と恋愛する男はいない。男は「女」と恋愛するのだ。

尽くすことより甘えないこと

テニスをほとんどやらなくなって、からだを動かすことといえば、ときどき泳ぐのと、犬との散歩だけになってしまった。最近スポーツは？　と聞かれて、散歩と答えると、老人みたいですね、と言われたりする。アメリカ東海岸とキューバで映画『KYOKO』を撮り終わって、三カ月ぶりに日本に帰るとき、これで犬と散歩できる、とうれしかったのを憶えている。犬とは言葉による会話がないので、三カ月海外に行っていても、すぐに日本での生活モードに戻れる。当たり前のことだが、犬は「撮影、どうだった？うまくいった？」などと聞かないし、三カ月という時間の感覚もたぶんないから、久しぶりに会っても疲れないのだろう。

散歩のコースはだいたい決まっているが、ときどき気が向いたらちょっと離れたところにあるかなり大きい公園に行くことがある。そこはサッカーのグラウンドが二面取れるくらいの広さで、わたしの犬は当然その公園が大好きなのだが、問題が一つある。その公園は時間帯によっては「犬とその飼い主のたまり場」になってしまうのだ。二十匹前後から、多いときにはそれ以上もの犬が集まり、その飼い主同士がお喋りをする社交場となってしまう。しかも、ゴールデンやラブラドルなどのリトリーバーがほとんどだ。リトリーバーはすばらしい犬だと思う。性格は穏和だし、表情も豊かで退屈しない。だが、どうして公園の犬がほとんど全部リトリーバーになってしまわなくてはいけないのだろうか。一昔前はハスキーだった。それがこの数年で流行がリトリーバーになってしまった。わたしの犬は非常にシャイで、他の犬と遊ぶのが嫌いなので、そういう犬と飼い主の集団がいると、嫌がる。

わたしもそういう集団が苦手だ。遠くからその集団を見ていると、少し恐くなってくる。みんな何を喋っているのだろうか、と。挨拶をし合って、笑い合っている。ああいうのいやだろ、とわたしの犬に話しかけると、本当にいやだというように犬はわたしを見る。うんざりしますね、という感じでわたしを見るが、どうしてそうやってすぐに仲良しになり、集団を作ってしまうのだろうか。

どういうわけか、本当に小さな子どもの頃からそういう集団が嫌いだった。今考えてみると、みんなと同じでなければならないことが恐かったのだと思う。わたしは昔から他の子どもとはちょっと変わったことを考えるのが好きだったので、みんなと同じでなければいけないということが非常に苦痛だった。わたしは成績も良かったしスポーツもたいてい得意だったから、友達もたくさんいたし、いじめられたりすることもなく学校生活を送ることができたが、今の時代だとどうなっていたかわからない。いじめる側に回っていたかも知れない。このエッセイは恋愛がテーマだが、いじめが学校に充満しているような社会で、果たして恋愛が成立するのだろうか、ということをわたしは考えることがある。

「一体感を楽しむ」ということ

いじめのレポートなどを読むと、信じられないことが書いてある。死んだネズミの肉を食べさせられたり、校内で裸にされてそれを写真に撮られて貼られたり、鉛筆の芯で背中を刺されたり、そういうことだが、どうして人間は人をいじめるときにこれほど想像力が豊かになるのかと愕然《がくぜん》としてしまう。

今のいじめは、人間にとって本当に大事なプライドを奪っているが、教育の現場を含めて大人たちは本気で考えていないように見える。それはこの国に特有の集団の論理が機能しているからだが、そういう指摘はあまりされていないようだ。昔から、「順化」としてのいじめはこの国の社会のあらゆるところで行われてきた。順化、つまりある集団に順応させるための儀式だ。軍隊で、会社で、もちろん学校で、体育会系のクラブで、それは「良いこと」として認められてきた。

個人は集団に従わなくてはいけない、そういう暗黙の取り決めがあるのだ。従わない個人は、あるいはまだどうやって従ったらいいのかわかっていない個人は「順化」としてのいじめを受ける。それはこの国の伝統だった。簡単に変わるわけがない。集団は、順化を果たしたあとの個人の面倒を見る。阪神大震災では大企業の救済がもっとも迅速で手厚かったそうだが、集団に従えばそういう特典があるわけだ。

わたしはそういう集団の論理に背を向けて生きてきたが、それは正統なルールを守らないということではない。集団の論理というのはおおざっぱに言えば、みんな同じで仲良くしなさい、というものである。ルールにしても、人間の集団が最低うまくやっていけるようなシンプルなもので充分なのに、制服に代表される、みんな同じで仲良くしてあるためのつまらない細かいルールが信じられないくらいたくさんある。集団の論理を成立させているのは「甘え」だ。甘えとは「一体感を楽しむことである」という有名な定義がある。だから幼児が母親に甘えるのは異常でもなんでもない。彼は母親との一体感を楽しんでいるのだ。だが、ある集団の中に包まれる「一体感」を強制したり、あるいはそれだけを求めるのは明らかに異常だとわたしは思う。冒頭に書いた犬とその飼い主の集団でも同じで、その人たちは犬を散歩させる仲間として共に一体感を楽しんでいるのだと思う。その一体感がわたしは嫌いだが、それをバカにしてはいけない。その一体感を持つのは実に簡単で、しかもそれは強烈な安心感を与えることができるのだ。

恋愛はもっとも個人的なこと

そういう集団の論理に従って生きてきた人が本当に恋愛ができるものだろうか。なぜならば、恋愛というものは極めて個人的なことだからだ。もう、十年ほど前になるが、オーストラリアのグレイトバリアリーフにダイビングに行ったとき、新婚旅行の団体に巻き込まれた。数十組のハネムーナーの集団は恐かったし、みんなと一緒で楽しいのだろうか、と思った。今はどうなのだろう。やはり集団で新婚旅行をする人たちはたくさんいるのだろうか。集団の論理は恋愛をしている二人の間にも発生することがある。たった二人の「最小」の集団で、甘えが発生するのは、これはもう日常茶飯事だ。わたしたちは「個人」として相手と知り合うわけだが、恋愛が成立すると、それは最小の集団となる。恋愛において一体感を楽しむのは普通だが、その一体感を自分だけでイメージして、相手にそれを要求するようになったときに、甘えが発生する。甘えるのは簡単だから、気づかないうちに頻繁に起きる。甘えの中にある人は、自分の思うとおりにいかないと、怒りだしたり、責任を相手に押しつけたりするが、それが自分の甘えだと絶対に気づかないし、認めようとしない。

甘えは、梅雨時のカビのように、放っておくと自然に発生する。相手に甘えないためには、努力が必要だ。そんなことはこの国の集団の論理の中では教えてもらえない。甘えを排除するための努力というのは、相手に尽くすことではない。一人でいるときでも充実した時間が持てるように、自分で努力するということだが、それは難しい。

新階級社会での恋愛の新しいかたち

今回もまた読者からのホットラインを読んだ。入院中に彼から二またをかけられた人、つき合い始めた彼の昔の女からストーキングを受けている人、お見合いをして結婚を考えている彼がどうも学歴や勤め先を詐称《さしょう》しているのではないかと思っている人、別れたはずの彼から毎日電話がかかってきて困っている人、彼のマザコンを何とか直したいと思っている人、例によっていろいろです。

今、ある友人から頼まれた短篇小説を準備しているところだが、それは「希望と共生」の物語にしなければならない。これが、難しい。

このエッセイでも、もっと明るい話題を取り上げようかなと思うときがあるが、今は明るい話題が、ない。これで日本代表がサッカーのワールドカップ本戦に出たりすると、少しは明るいムードになるかも知れないが、フランスに行ったところでどうせヨーロッパや南米のチームにぼろくそに負けるはずだから、きっとみんな世界との距離を知って愕然となり、白けることだろう。白けても、世界との距離がわかったほうがもちろんいいわけだが、そういうことはこのエッセイのテーマではない。

この二、三年、非常に暗い事件ばかり起こっているわけだが、それに対するメディアの反応は基本的に「何かが狂っている」というものだ。これはいったいどうしたわけだ、何がおかしいのだろう、どうして子どもたちが言うことを聞かないのだろう、どうして女子高生は援助交際・売春なんかするのだろう、どうして若者はオヤジ狩りなんかするのだろう、どうして不登校児が十万人もいるのだろう、どうしてあれほど偏差値が高く学歴も立派な人々がオウム真理教などというばかげた新興宗教に入ったのだろう、どうして中学生が小学生を殺して首を切ったりしたのだろう、何かが狂っている、いったい何が狂っているのだろうか……。まあ、そういった感じだ。

「必然」を誰かのせいにする前に

メディアが大騒ぎする割には、若い人たちは、ごく普通に暮らしているように見える。というか、若い人たちはこういう世の中であと数十年生きていかなければいけないわけで、「何かが狂っている」などとのどかなことは言っていられないのである。

例の神戸の十四歳の事件以後、メディア・マスコミは大キャンペーンを繰り広げ、わたしも多くのインタビューを受けた。そのインタビュー取材のときにも感じたのだが、わたしも中年であり、インタビュアーも中高年であることが多かった。たとえば教育問題を特集した雑誌でも、書き手はほとんど中高年である。

危機感のない若いやつらは何も反省しないでけしからん、などと言いたいわけではない。確かに若い人たちには危機感のようなものはないようだ。雑誌の中に危機を訴える十代の書き手は見あたらない。考えてみれば、若い人たちは昔を知らないわけで、今がどういう風に異常かなどと考えることはできない。きっと彼らは、これが普通だ、と思っているはずだ。

わたしも最近この国ではこういう事態が実は普通なのではないかと思うようになった。今のこの状況はなるべくしてなり、生じるべくして生じたものではないか、ということである。

つまり、すべての証券会社、ほとんどの銀行・企業で不祥事があり、政治家の判断力・決断力・実行力・倫理観が地に堕ち、ブランド品のために女子高生がからだを売り、怪しげな新興宗教に高学歴の人が多数入信し、若者たちがおやじを襲い、通り魔が多発し、自分一人では何も決断できないマザコンの男が異常発生し、ストーカーがあちこちの路地に潜み、地方都市でも女子中学生が麻薬に手を付けるようになり、学校に行かない子どもたちが大勢いて、家庭内暴力で息子が親を殴り殺し、逆に親が息子を絞殺し、中学生が小学生を殺すというような事件が一年に一度くらい起きる、そういう社会は世界の常識からすればとんでもなく異常だが、要するにこの国はそういう国で、それは自然に生じた結果で、必然的な常態なのではないか。何かが狂ったわけでもなければ、何かがおかしくなったわけでもない、これはなるべくしてなった必然的な常態ではないだろうか、わたしは最近そういう風に思うようになった。

これが通常の状態だから、すべてをあきらめる、という意味ではない。まず、これがこの国がなるべくしてなった常態なのだから、誰か特定の人たちのせいにすることはできない、ということだ。親が悪い、教師が悪い、コギャルはアホだ、ではすまない。何かが狂っているわけではないのだから、この状況は法律や条例をいじってすぐに解決できるものでもない。

また、この状況が通常のものだと思えば、過去に何かすばらしいものがあったのだ、という幻想は破れる。最近の硬い雑誌の論調は、みーんな「昔は良かった」というものだ。どうしてこんな風になったんだろう、どうしてこの国はこんなになってしまったのか、そんなのばっかりだ。

「昔は良かった」なんて大嘘だ

昔はひどい時代だった。のどかではあったけど、いいことなんかなかった。だいたい、過去は美しく見えるものだ。

終戦後何年かは、芋を主食にして、ヒエやアワの雑炊をすすり、着るものもなく、冷蔵庫も洗濯機もテレビもラジオもステレオも車もなく、栄養失調が蔓延《まんえん》し、満足に薬もなく乳幼児が死ぬのは珍しいことではなかった。女は家事に追われ、おしゃれなんか誰もできなくて、シャネルだろうがグッチだろうがエルメスだろうがそういうものがこの世の中に存在することさえ誰も知らなかった。臭い汲み取り式の便所で用を足して、冬は花瓶の水が凍るほど寒く、夏は蚊帳《かや》を吊って戸を開け放して寝ていたのだ。原始的な生活だった。上級生が下級生を殴り、先生が生徒を殴っても許されていた。立場が強いものは意味なく威張っていた。女性や障害者、被差別部落の人々や在日韓国・朝鮮・中国人、とにかくすべての社会的弱者は今とは比べものにならないほど差別されていた。

そんな生活がいいものであるわけがない。みんな不平不満を言いながら暮らしていたのだ。それなのに、あの頃は良かった、みたいなことを言うのは大嘘だ。男は男らしく、女は女らしかった、などとどうしてそういう恥知らずな嘘が平気でつけるのだろう。

今のほうが、圧倒的にいい時代だ。昔に戻るなんてとんでもないことだ。今のこの世の中のほうが、まだ昔よりは、はるかにいいと、まずそう仮定してからものごとを考えるべきだ。自分たちが行ってきたことを反省せずに、何かが狂ってしまった、と嘆き、新しい世代に何らかの責任があるとするのはどう考えてもフェアではない。

大人は若い連中のことをほっとけばいいと思う。オヤジ狩りやストーカーに遭わないように自衛し、学校におけるいじめなんかもほっとく。みんな自分のことだけ、自分の家族や大切な人のことだけを考える。小学生は中学生に殺されないように危機感を持って生きるようにする。知らない人のことはとりあえず絶対に信用しない。

自分だけは、何とか充実した人生を送れるように努力する。学校に行きたくない子どもには、行かなくてもいい、と言ってあげる。女たちは、ダメな男には絶対に同情しない。そういう風になると、必ず新しい階級社会が訪れる。努力しなかった人、訓練を何も受けていない人、技術が何もない人、コネクションが何もない人、醜い人、才能がない人、頭が悪い人、そういう人たちは最低の人生を生きるようになるだろう。

恋愛ができるのも限られた人だけになるはずだ。わたしはそれはしょうがないことだと思っている。

人生を早々と捨てた女の子たちの理由

四十も半ばを超えて、かなりもの忘れするようになった。記憶はまず固有名詞から失われていくらしいが、その名詞の種類に関しては個人差があるのだそうだ。わたしがよく忘れるのは、映画監督の名前である。その中でも特によく忘れるのが、ジェームズ・キャメロンとロン・ハワードとデビッド・リーンの三人だ。その三人の作った映画のタイトルはすらすら出てくるし、その内容も出演した俳優の名前も顔も憶えているのに監督の名前だけ、どうしても浮かんでこない。

人間の記憶は曖昧なものだ。先週、南フランスのカシスという町に三、四日滞在した。マルセイユで行われたサッカーW杯の組み合わせ抽選とその記念の世界選抜戦を見に行ったのだ。ヨーロッパ選抜対世界選抜の試合で、日本からは中田英寿が出場した。マルセイユに多くの人が集まり、ホテルが取れなくて、カシスという小リゾートに泊まることにしたのである。

カシスはマルセイユから二十キロ南にある小さな港町で、他のたとえばコート・ダジュールなどの華やかなリゾートに比べると、庶民的で落ち着いている。約十年前、わたしはそのカシスの町に、F1の取材で訪れたことがあった。フランスグランプリは当時ポールリカールのサーキットで行われていて、わたしはエクス・アン・プロヴァンスという町に泊まっていたのだが、カシスには友人たちがたくさん泊まっていて、シーフードがおいしくて、よく彼らと食事に行ったのだった。そのとき、季節は夏で大勢の観光客がいた。

そのときわたしはどういうわけか、カシスを、「寂しいリゾート」だと思った。カシスには小さな港があって、その周りにホテルやレストランが建ち並んでいる。五分も歩けば港の周りを一周できる。

今回、オフシーズンで人は少なかったが、寂しいとは感じなかった。生ガキやムール貝、それにブイヤベースを食べ、プロヴァンスのワインであるバンドールのロゼを飲みながら、自分は前回どうしてここを寂しいと思ったのか、考えたが、答えは見つからなかった。アメリカ人の団体のツーリストはなぜか寂しそうに見える。そのせいかも知れない、とも思ったがはっきりしない。

ドアーズという昔のロックグループの有名な歌に『奇妙な人々』というのがあり、その歌詞には興味深いフレーズがある。
「君が孤独なとき、人々の生態は奇妙に映る、君がひとりぼっちのとき、人々の顔つきは醜く見えるものだ」

ばかばかしい無駄が多すぎる

記憶がそのように曖昧なものだとしたら、わたしたちは日々記憶を刷り込まれながら生きているわけで、それが溜まると、間違った認識を持つことだってあるかも知れない。南フランスに数日滞在しただけで、日本と世界との測りようのない距離を感じて愕然としてしまう。誤解しないで欲しいのだが、南フランスに比べて日本がたとえば文化的に大きく劣っているというわけではない。

サッカーの日本代表がアジア予選でドラマチックな戦いを演じたので、読者の中にもサッカーに興味を持った人が増えたのではないだろうか。マルセイユで、サッカーW杯本戦の抽選会が行われ、それを盛り上げるために世界選抜対ヨーロッパ選抜の試合が行われた。代表として、一つの国から一人だけ、基本的に予選でもっとも活躍した選手が選ばれた。日本ではそれが中田英寿だったわけだ。するとこの国のメディアは、主にスポーツ新聞やワイドショーだが、「中田を世界が認めた」という風に報道してしまう。中田がフランスでどの程度知られた存在なのか、誰も正確に知らない。中田が世界のトップ選手と比べて本当はどの程度の実力を持っているのか、それも誰もわからない。この国のメディアは、国民がそんなことを知る必要はないと思っているのだ。今さらメディアの批判を書きたいと思っているわけではなくて、あまりにもばかばかしい「無駄」が公然と行われているのではないかと思うだけだ。スポーツ新聞や女性週刊誌の記事を書いている記者が、誇りを持って原稿を書いているとはとても思えない。記事をまとめ整理するベテランのデスクも、誇りを持って紙面を作っているわけではないようだ。「くだらないのは自分でもわかっているが、大衆が求めていることだから」たぶんそう思っているはずだ。スポーツ新聞や女性週刊誌を読む人は、本当に楽しんでいるのだろうか。それなしでは生きていけないという風にして、読んでいるのだろうか。スポーツ新聞や女性週刊誌、それにテレビのワイドショーやバラエティなどが失くなると死んでしまう、というような人が本当にいるとは思えない。結局、それらは「暇つぶし」のために存在しているのだと思う。

通勤の電車内で時間を潰《つぶ》すために、美容院での待ち時間を退屈せずに過ごすために、食後から寝る前の二、三時間を何となく過ごすために、スポーツ新聞や女性週刊誌やテレビのワイドショーやバラエティはある。「暇つぶし」なのだから、その内容は正確である必要はないし、できるだけ肩が凝らないように、また、手軽に盛り上がるように作らなくてはいけない。

わたしは、スポーツ新聞や女性週刊誌に代表されるものが、今ほど「無駄」で「罪」な時代はないような気がする。本当は誰もそんなものを欲しがっていない、と思う。いやそうではなくて、そういうものが好きな人も本当にいるのですよ、という意見もあるだろう。でも、それは大衆に対して失礼な意見なのではないだろうか。

死人のような女子高生ができるまで

今、女子高生100人にインタビュー、というインターネット用の仕事をやっていて、女子高生、とひとまとめには決してできないことがわかった。当たり前のことだが、女子高生だって、一人一人の個性が違う。ものすごくしっかりしている子もいれば、どうしようもない、という子もいる。どうしようもない、というのは、援助交際をしてグッチのバッグを買う子、ではない。人生を早々にあきらめてしまっている子だ。

そういう子の憧れの未来というのは、自分の時間とある程度の生活的余裕がある主婦で、何も面倒なことをしないで、つまり、本も読まず、映画館へも行かず、流行りもの以外の音楽も聴かず、夫を愛するわけでもなく、セックスを楽しむわけでもなく、おいしいものにも仕事にもファッションにも海外旅行にも興味がなく、ただひたすらテレビの前に座ってワイドショーやトレンディドラマやバラエティを見て何かを食べ何かを飲み続け、適当にブランド品を持っている、というものだ。

そういう子はたいていブスで、貧乏臭い。実際に貧困の家庭の子というわけではなくて、コミュニケーションを求めていないから、雰囲気というか佇《たたず》まいが、貧乏臭いのだ。

こういう死人みたいな生き方を選ぶくらいだったら、まだ援助交際をしたほうがいいのではないかと思った。だが、そういう死人のような女子高生にしても一夜にしてできあがったわけではない。

長いことかけて、親が育て、教師が教育してきたのだ。長い時間をかけてバカになったわけで、簡単に改善なんかできない。大量の嘘の情報を十数年間にわたって刷り込まれてきたわけで、記憶の中に美しいものが何もない。きっと救いようがないし、わたしは救いたいとは思わない。

そういう人間たちのためにスポーツ紙や女性週刊誌やテレビのワイドショーはある、という意見もあるかも知れない。だが、それは大変な資源と金と労力の無駄だ。

もちろん、そういう人々にとっては、恋愛は無縁のものである。

演歌のような恋はやめてください

去年の終わりから今年初めにかけて、女子高生100人にインタビューをした。『ラブ&ポップ』という小説のインターネット版に付録として載せるためのものだが、興味深いインタビューとなった。

考えてみればそれは当たり前のことなのだが、女子高生たちは一人一人個性も価値観も性格も違っていた。だがどういうわけか女子高生には画一化されたイメージがある。ルーズソックス、茶髪、ピアス、援助交際、そういうものだが、どうしてそういうイメージが定着してしまったのだろう。

メディアの影響は確かに大きい。テレビや雑誌、それに漫画などでも女子高生は「コギャル」として一つのイメージで扱われた。だが、メディアだけが悪いわけではない。この国の人々はそうやって一つのイメージを作り上げることが得意で、好きだ。何かわけのわからない現象が起こると、それをわかりやすいイメージにして、一斉に取り上げ、わかった気になって、安心し、そして忘れる。

だから現象を取り上げるときは、エキセントリックでなければならない。視聴者や読者の気持ちを煽《あお》り、驚かせるものでなくてはいけない。そういった情報はなるたけみんなが驚くように、扇動的に、伝えられる。

「ここまで！　コギャルの知られざるすごい実態」

女子高生のことをレポートするテレビや雑誌では必ずそういうタイトルが選ばれる。誰もが、すごいなあ、と驚いたあとに、きれいに忘れていく。まるでそのことを忘れるためにメディアが機能しているかのようだ。自分の問題として切実に考えなくてもすむように、メディアがある種のマステリーを行っているかのようである。

マステリー（mastery）とは、心理学において、ある行為を行動的、もしくは認知的に繰り返すことによってその行為に伴ったショックを和らげる、という一種の治療法のことだ。たとえば、交通事故を目撃してショック状態にある子どもが、ミニカーを使って人形を轢き倒すというプレイをしばらく続けるうちにショック状態が和らぐことがある。マステリーはそれほど単純ではなく、性的虐待などひどい傷を受け続けた子どもに対しては、逆効果になってしまう場合がある。だが、あるショッキングな事件や事故、行為などを、自分の意志で再現することは、衝撃の緩和になることがある。自分を圧倒したものに関与し、整理することができるからだ。

この国のメディアはそれに似た機能を持っている。メディアに関わる人たちが悪意を持ってそういう報道をしているわけではないと思う。何となく、いつの間にか、そういう報道になってしまう。そういう報道になにか実害があるわけでもない。マスコミが勝手にイメージを作るんで迷惑してます、と言う女子高生は多かった。だが、そのことで誰彼なしに逮捕されたり罵《ののし》られたりはしない。メディアによるマステリーの被害を受けるのは「当事者」だ。

阪神大震災は、三周年にあたる一月十七日にあらゆるテレビで特集が組まれた。相も変わらず、仮設住宅に住む年寄りたちが登場し、テレビのレポーターは、現場で「この現状は何とかならないものでしょうか」というような言葉を繰り返した。レポーターも番組のプロデューサーも、国民が真剣にこの問題を考えて欲しいと思ってああいう番組を作っているのだと思う。

だが「何とかするのは誰なのか」番組では明言しない。金のない、ローンも組めない年寄りが仮設住宅からどこかに移るためには、誰かが金を出す必要がある。誰が出すのか、税金を使うのか、国や兵庫県や神戸市にはそういう余裕と意志があるのか、誰も言わないし、聞かない。お年寄りがかわいそうだ、と言うだけだ。今のところどこにも金はないからあなたたちはこの仮設住宅に住むしかありません、実際はそういうことを誰かが言わなくてはいけないはずだが、誰も言わない。誰も本質的なことを言わないし、関係者に聞きもしないから、結果的に番組はマステリー効果を生んでしまう。誰もが、その事実を結果的に忘れるために、かわいそうな人々をテレビで見る、ということになる。

援助交際だって同じだ。実際に援助交際をやっていることがわかってしまった女子高生の親がいるとする。その親は、援助交際を扱った雑誌の特集やテレビのワイドショーを見ることは決してないだろう。そこには欲しい情報はない。どうすれば援助交際を止めさせることができるか、という情報はない。「当事者」には無関係な、不安を煽るような情報が載っているだけだ。

自分は無関係だということを確かめるために、人々はテレビを見るし、雑誌を読む。そういう風にして女子高生のイメージは作られたわけだが、そうやってひと括《くく》りにされているのは女子高生だけではない。ほとんどすべての業種・集団に対してそういう操作は行われている。アイドルタレント、OL、看護婦、秘書、主婦、大学生、風俗嬢、コンピュータプログラマー、プロスポーツ選手、離婚経験者、すべてだ。

この国に「個人」はいないのか

各業種・集団に属す人は、そういうイメージの範囲で振る舞わなくてはいけない。まるで、この国には人間が一人一人違うという認識がないかのように見える。テレビではほとんどすべてのタレントやキャスターや役者がそういう画一的なイメージを演じている。その決められたイメージから抜け出すためには大きなリスクを背負わなければいけない。すべての人間は、決められたイメージの中で生き、それを逸脱することは基本的に許されない。どうしてこういうことになったのだろうか。この国では「個人」は初めからなかったのだろうか。

個人主義、ということがよく言われる。誰もが個人主義になってしまって公共性が無視される傾向にある、みたいなことがよく言われているようだ。だがそういう場合の個人主義というのはたかだか「嗜好《しこう》」と「公共性無視」の問題であることが多い。ウーロン茶より緑茶がいいとか、リーバイスよりナイキが好きだとか、山登りの人たちがゴミを持ち帰らないとか、煙草の投げ捨てが多いとか、たいていそういったことだ。個人主義とは何の関係もない。

愛情の示し方はたくさんある

なにか難しい話になってしまった。このエッセイのテーマは恋愛だが、恋愛は個人的な行為なので、どうしても「個人」の問題について書いてしまう。

なにか悲観的で批判的なことばかりこれまで書いてきたような気がするが、個人の軽視ということでは、昔のほうがはるかにひどかったと思う。最近は会社の忘年会などへの出席を断る人が増えているらしいし、上司が飲みに行こうと誘っても応じない人も増えているそうだ。そんなことは当たり前で、嫌いなことに付き合う必要はまったくない。わたしは今の日本のポップスは好きではないが、演歌よりははるかにいいと思う。演歌よりは今のポップスのほうが聴いていて気分が暗くならない。

下校の前に掃除をしろ、と先生に言われて、どうして掃除をしなければいけないのか、と質問する生徒も増えているらしい。小学生や中学生のときどうして掃除をしなくてはいけないのか、わたしもずっと不思議だった。ただ、わたしの頃はそういう質問をすると一方的に殴られた。生徒がどうして学校の掃除をしなくてはいけないのか、きっと誰も答えられないと思う。学校への愛情の示し方は他にもたくさんあるし、日本にいる外国人を雇って掃除をしてもらったほうが能率的だ。女性社員のお茶くみも同じことで、そんな習慣はできるだけ早く止めたほうがいい。どうして自分がそんなことをしなくてはいけないのか、どんどん質問するべきだ。上司や教師はそういう質問にきちんと対処しなくてはいけない。質問に答える義務がある。

演歌はこの十年で消えて失くなると思う。演歌を支えるものがどんどん消えていくからだ。旅の宿、と歌われたって、そんなものはどこにもない。カプセルホテルやシティホテルは演歌の歌詞には使えない。別れてしまった好きな男のために涙をこらえてセーターを編むような女はいなくなるだろう。そういう女は大嫌いだから早く絶滅して欲しい。好きな恋人にセーターを編むのは大変結構だが、離れていった男に未練がましくセーターを編んでも、それはまったくの、無駄だ。

演歌は甘えと依存の歌です。演歌のような恋愛なんか絶対にしないようにしましょう。

家庭の団欒の嘘と男たち

『日本一醜い親への手紙』（メディアワークス）という本を読んだ。親に対する憎しみや恨みが書かれた手紙が集められている。キワモノ本と誤解される恐れもあるが、寄せられた手紙にはリアリティがある。この本は、『日本一短い「母」への手紙』という郵政省が後援した本へのカウンターでもあるとあとがきで編者も書いている。

この本を読んでも、元気は出ない。親から虐待を受けた人たち、親から半ば捨てられた人たち、親の言いなりになって自分は親のロボットにすぎなかったと自覚した人たち、そういう人たちが告白の手紙を寄せている。

この本にはわたしなりの批判もある。それは主に、世の中にはこういうかわいそうな人々もいるんだなあ、と思わせてしまう危険性を持っているということだ。また、親への憎しみだけでは親から自由になることは難しいとわたしは思っている。だがこの本は、現代では親あるいは家族から逃げ出すことが重要な課題なのではないかと問いかけるものになっている。

みんな忘れてしまっているようだが、家というのは成長するとそこから出ていくものだ。成長した若い雌や雄が群れや巣から外へ出ていくために動物はさまざまなシステムを作り上げてきた。家から出ようとしない若い人の悲劇が増えているような気がする。

家族の崩壊というテーマは、援助交際やナイフを持つ少年たちが話題になるたびに取り上げられてきた。家族が崩壊するといったネガティブなイメージに対抗するものとして、この国では必ず家族の団欒《だんらん》がテーマになる。援助交際や非行の低年齢化を防止するために使われる標語は「親子の会話はありますか」というようなものになってしまう。そういう風潮の背景にあるのは、家庭の団欒というのは簡単なものだという昔ながらの幻想と、親子の会話というものはごく自然に成立するという昔ながらの錯覚である。

子どもが何か重大な事件を起こすたびに家庭の責任が追及される。家族の問題をすべて家庭内で処理するのは無理がある。父親は基本的に外で働いていて、社会人としての側面を持っているが、たとえば会社でおとうさんが冷遇されていたり、ろくな仕事をしていない場合、自信を持って家庭で家族と向き合えるものだろうか？

恋愛がテーマのこのエッセイでわたしはどうしてこういうややこしい家族の問題なん

かを書いているのだろうか。それは、この雑誌の読者の恋愛の対象である男性は、その人の育った家庭環境を背負っているからだ。どんな人間でもとりあえずは家庭で育ってきたのである。

読者からのホットラインには、一見いい人に見えたのに深く付き合ってみると責任感の欠片《かけら》もないマザコンだった、というようなものが目立つ。このままではそういう男はますます増えていくとわたしは思う。そういう男が増えてもわたしが実際的に困ることは別にない。でも、家庭の団欒とか親子の会話とかで家族の問題が解決するというのは嘘だ。マザコンの男は家庭団欒の嘘を象徴しているような気がする。

気持ちが悲惨になるのはなぜだ

と書いてきて、ここからの分はメキシコのカンクンという町で書き始めた。カンクンは巨大な人工的なリゾート地で、キューバに並ぶほどの美しい海がある。ニューヨークで簡単な仕事を済ませ、新しいミュージカルを見て、イタリアンとタイ料理を食べて、五番街とソーホーでお買いものをして、今日たった今着いたばかりだ。ニューヨークは、やはり映画を撮るとか、仕事をしたほうが面白い。

明後日キューバに入るのだが、日本で疲れが溜まっていたので、カンクンで少し休むことにしたわけだが、映画『KYOKO』を撮る前はそんなことは考えられなかった。映画を撮り終えてから、ニューヨークでもカンクンでももちろんキューバでも、自分に余裕みたいなものが生まれているのがわかる。じいさんみたいな余裕ではなくて、『KYOKO』という映画を撮る前は、溜息が出るようなきれいな海を前にしても泳ぎたいという気持ちになれなかった。そういう楽しみを自分に禁じていたようなところがあった。今はそうではない。

カンクンで暮れていく海を見ながら途中まで書かれたこのエッセイを読み返してみると、何とも悲惨な感じがする。日本にずっといるとやはり気持ちが悲惨になってくるのだろう。ニューヨークで、ミュージカルを見てホテルに帰ってくると、新井という代議士が自殺したというニュースをやっていた。やりきれない気分になった。どんな悪いことをやったのか詳しくは知らないが、別に死ななくてもいいのにと思った。

わたしだって、死んだほうがましなのではないかと思ったこともある、というのは嘘で、どんなに辛くても死にたいなどと思ったことはないが、そういう辛い時期も人生にはあるのだということを知っている。

そういうときの人間は暗くて辛いことばかりを考えてしまう。楽しいことなんかこれから何もないような思いに捉われてしまう。少しだけ何かが自分の中で変われば、たとえどんな辛いことがあったとしても自殺なんかすることはないとわかるものだ。それは実は精神力などではない。人間の精神力などたかが知れている。たとえばトップアスリートが厳しい練習にも耐えるのは、偉大な精神力を持っているからではなく、彼がそのスポーツが好きだからだ。またどんな辛いことがあってもわたしたちは希望があれば耐えることができる。今の子どもたちがすぐに自殺したり人をナイフで刺したりするのは精神力が弱いからではなく、なんの希望も探すことができないからだと思う。希望を探すのは難しい。

希望を知らない男はどうなるか

人間が自殺を拒否するときの心の働きには、脳内の代謝物質も関係している。エンドルフィンやエピネフリンといった抑制系の麻薬と同じ働きをする物質は脳内で自然に生産され、その種類や働きも一様ではない。モルヒネと同じような化学成分を持ち、ひどい痛みを和らげ、幸福感をわれわれに与えてくれるが、からだが自然に作り出しているものなので依存性はない。つまり、どれだけ多量のエンドルフィンが脳に代謝されても、中毒になるようなことはない。

わたしが読んだ資料の範囲では、エンドルフィンとストレスなどとの関係はまだはっきりしていないようだ。ストレスが溜まるとエンドルフィンの分泌が弱くなるとか脳内代謝系の働きはそれほど単純ではない。だがたとえばジョギングをやるとエンドルフィンなど脳内麻薬が分泌されることはわかっている。ランナーズハイには科学的な根拠があったわけだ。

この雑誌の読者のみなさんはプラシーボ効果というものをご存じだろうか。ある新しい薬の効果を実験的に知る際、その薬を実際に投与したグループと、ただの小麦粉を与えたグループとに分ける。それはプラシーボ効果と呼ばれるある種の「希望」による病状の一時的回復と、薬による本当の効果とを見分けるためである。薬でも何でもないものを、これは最高の酔い止めだからね、と言って、車や船に酔いやすい人に与えておくと酔わずにすむ場合がある。末期の癌患者でさえ、ただの水を、これは新しく発見された癌の特効薬です、と言って与えると症状が一時的に回復する場合があるそうだ。それがまさしくプラシーボ効果だが、そこでもエンドルフィンが関係している。これで症状が軽くなる、と患者が思うことができるのは、一種の希望だ。そういう希望が起こったときに、エンドルフィンが分泌されるらしい。

また、たとえば小説家が非常な苦労をして作品を完成させた瞬間などにも、大量のエンドルフィンが分泌されることがわかっている。希望、充実感などは、もちろん精神のある一つの状態を言うわけだが、そこにはさまざまな化学的物質と代謝作用が関わっているのだ。希望や充実感は科学的に人間に平穏を与えてくれるのである。

今の子どもたちはどこで希望と充実感を手に入れることができるのだろうか。希望も充実も知らない寂しい子ども時代を過ごした男の子たちが、大量に生産されているのがこの現代という時代だと思う。マザコンも通り魔もストーカーもおたくも引きこもりも、増え続けるだろう。

役割が一つしかない女は疲れる

友人の知り合いが家庭恐怖症みたいになっている。そういう病名があるのかどうか知らないが、友人はそういう病名を使っていた。まだ小さい子どももきれいな奥さんがいるのに、家に帰るのがいやでカプセルホテルを泊まり歩いているらしい。何か家庭に具体的な不満があるわけではなく、奥さんのことが嫌いになったわけでもないそうだ。また、新しい女ができたとか、賭事《かけごと》に狂っているとか、麻薬にはまったとか、そういうことでもないらしい。その友人によると、同じような病気になっている人は若い会社員を中心にかなりいるということだ。

わたしには何となくだがそういう病気の男のことがわかる。わたし自身、似たような気持ちになったことは何度もある。それはたいてい自信がなくなったときで、仕事がうまくいかなかったときや人間関係で傷ついたようなときだった。わたしの場合、小説は一人でできる仕事だから、作品が酷評されたときとか、または映画についてひどい批評をされたとき、撮りたい映画がまったく撮れるめどが立たないときなどに、家に帰るのが苦痛なことがあった。

家庭では、男は責任ある夫や父親を務めなくてはならない。わたし自身子どものときには、父親が落ち込んでいたり弱っているのを見たりすると不安になった。だからたとえ弱っていても、家族にはそういう面を見せたくないと思った。そういう一面は男なら誰でもあるものだし、女にだって、好きな人を心配させたり不安にさせたくないという思いはあると思う。

わたしの仕事は個人的なものだし、幸運にも小説では常に評価されてきたので、社会的に自信をなくしたり、いやな思いをしたり、人間関係に傷ついたりすることはどちらかといえば少なかった。だが会社に勤めている男たちは、どうしてもストレスも多いし、自信をなくすことも、人間関係で傷つくことも相対的に多いだろうと思われる。特にバブル以後のこの不況下ではなおさらだ。

だから、家庭恐怖症というか、「家に帰りたくない症候群」というものは理解できる。そういう男たちのほうが繊細で優しく誇り高いのかも知れない。自信がないときや傷ついているとき、それに弱っているときに、傍《そば》にいるものに甘えず、揺るぎない態度をとるのは難しい。それでは強がったりしないで話を聞いてもらったりして慰めてもらえばいいではないか、と言われそうだが、それも簡単ではない。別に高いプライドの持ち主ではなくても、愚痴《ぐち》にならないように自分の窮状《きゅうじょう》を説明するのは簡単ではない。

自信がある男は威張らない

「今日さあ、会社でね、お前は無能だって課長に言われてしまってさあ」

まともな男であればあるほど、そういう台詞は簡単には言えないものだ。

そんなに強がらなくてもいいではないかという女からの声もある。エッセイなどで、「自分の男性性にそんなに縛られることはない。弱さを認めて、もっと素直に生きればいいではないか」というような女の意見を見ることも多い。

でもことはそう単純ではない、ような気がする。最近、霊長類の研究者が書いた本を読んでいる。『父という余分なもの――サルに探る文明の起源――』（山極寿一《やまぎわじゅいち》著：新書館）という本だが、その中に、類人猿の食料の分配に関する興味深い記述がある。長いので、引用せずに、要約する（要約の文責は村上にある）。

チンパンジーは仲間に食物を分配する習性がある。しかも弱いオスが強いオスに強制的に食物を取られるのではなく、逆で、強いオスが弱いオスに「乞われる・おねだりされる」形で食物を与えてしまう。弱いオスは強いオスが食物の分配をねだっても拒否することがある。それは、強いオスの地位が、自分の実力だけではなく、仲間の協力に依っているからだ。食物を独占していると、いつ仲間たちの謀反《むほん》に遭うかも知れない。アフリカの類人猿は種によってやり方が違うが、だいたいチンパンジーに似た分配行動を示す。われわれの祖先も、それに似た食物の分配行動を持っていたと推測できる。われわれの祖先も単独では生きていけなかったから、類人猿と同じような群れをつくって生活する以外になかった。人類の食生活の特徴は、食物を、狩猟・採集したその場で食べず、自分一人では食べきれないほどの量を住みかに持ち帰って、仲間と一緒に食べるという点にある。しかもチンパンジーと違う点は、「乞われる分配」ではなく、自ら「与える分配」であったことだ。自分で捕獲・採集した食物を仲間にも分配する、そこに人類の特徴があった。直立二足歩行は、長い距離をゆっくりと、重い荷を運ぶのに向いている。狩りや釣りや採集で得られた食物は仲間が待つ住みかへと長い距離を持ち帰られたのだ。われわれの祖先は他の動物には見られない「味覚」を発達させた。グルメになったという意味ではなくて、仲間と共有できる味の世界を確かなものにしていったのだ。

せっかく獲物を持って帰っても、仲間が嫌いな味だったら意味がない。その名残は今でもある。味の好みの違いはそのまま文化圏の違いでもある。食物を持ち帰り仲間と共に食べる、その行為の中にさまざまな感情や意識が、すなわち感謝や愛情や嫉妬や憎しみや誇りや喜びや悲しみが芽生えていき、恐らく家族の原型もそこにあっただろうと推測されている。五百万年から百万年も昔のことだ。みんなが大好きな食物を持ち帰り、部族みんなから喜ばれた男は大変誇らしかっただろうと思う。

誇りという感情は、そのように大昔から男たちに伝統的にあって、それを捨て自分の弱さを認めて素直に、もっと楽に生きろと言われても、簡単にはいかない。女子どもの前で惨《みじ》めな姿をさらしたくないという思いはどんな男にだってあると思う。別に威張りたいわけではないし、誉めてもらいたいわけでもない。威張るという行為のほとんどは甘えだから、むしろ誇りというのは、甘えずにすむために、すなわち威張ったりしなくてすむために必要なのだ。そして誇りが自信を生む。本当に自信のある人は決して他人に威張らない。必要がないからだ。自信があるときは誰にも甘えずにすむ。しかも金銭的な余裕だけでは自信は生まれない。

どんなに金を持っていても、たとえばニューヨークなどで、主な客がネイティブのスノップなレストランやクラブに一人で入って行くのは勇気がいる。わたしはそういうことが苦手だ。だが、映画を撮っていたときはまったく平気だった。自分はこの街で映画を撮っている監督である、そういう自信があった。自信を持てと誰かに言われて自信を持てるのだったらこんなに簡単なことはない。

自信は、困難だが充実したコミュニケーションを成立させたときにも発生する。困難で充実したコミュニケーションの成立というのは、自分が属す集団の外との関係性においてのみ成し遂げられるものだ。

つまり、家庭の中だけに閉じられていると、男はやすらぎを得にくい。外で、困難で充実したコミュニケーション・仕事を成し遂げたあとに、家に帰ってきたとき、そこで初めてやすらぎと満足を得ることができるのではないだろうか。

家庭だけの世界は地獄

今、そういう充実がある若い会社員や公務員がいったいどのくらいいるものだろうか。そういった充実感がなくこれからも当分得られることがないという状態のまま、家庭や恋人の元に帰るのは確かに苦痛であるかも知れない。

　また、家庭が苦痛なのは男だけではないはずだ。女は家庭で母親を演じる。演じるというのは否定的な意味ではない。わたしたちはさまざまな役割を日々演じて生きているのだが、だからといって欺瞞《ぎまん》的なわけではない。逆にさまざまな自分を演じて、初めて自我というものを見つけることができる。あるときはＯＬであり、あるときは恋人であり（不倫をしているという意味ではなく恋人として振る舞うということ）、あるときは妻であり、あるときは母親であり、あるときはガーデニング愛好者でもあり、あるときは画家でもある、という女たちは増えていると思うが、そういったいくつもの自分があるからこそ、自我というものをわたしたちは必要とする。

　役割が、一つしかない女、つまり、妻とか母親とかたった一つの役割しか演じられない女は疲れてしまう。その疲労が子どもや夫に甘えとして向けられると、不和や虐待が起きやすい。

　家庭は、大前提的なやすらぎの場所などではない。家庭だけで人生が完結してしまっている人にとって、そこはきっと地獄だろう。

「なぜあんな男を好きになったのか」

また読者のホットラインを読んだのですが、まあ、悩みはいろいろでした。ホットラインはたいてい「好きになった彼が……」という言葉で始まっています。「好きになった彼が昔の彼女と別れていないようだ」「好きになった彼がホストクラブで働いているのだが辞めさせることはできないのだろうか」「好きになった彼が消極的な人で気持ちを打ち明けてくれない」などなど。

その彼をどうして好きになったのか、わたしとしては興味があるところだけど、そういうことは誰も話していない。人は理由なく人を好きになってしまうのだろうか。カレーライスが好きであることに理由は要らない、みたいなことをよく聞くことがある。カレーライスが絶対に食べられないという人もいる。本当に理由はないのだろうか?

わたしの親戚に野菜をまったく食べない女の子がいるが、彼女は小さい頃、親から野菜を食べなさいと強要されて逆に大嫌いになってしまったそうだ。もっとも多いのは、いわゆる「当たった」というもので、カキを食べない、サバを食べない、という人の大半はそれらに当たったことがある人たちではないだろうか。

食べ物にしろ、人間の好みにしろ、人の好みというものは、その人に独特のものだ。だから、どういう好みをしているかが、その人の性格や人格を判断する材料になることもある。事実、どうして自分はあんな人を好きになってしまったのだろう、と反省したり後悔することも多い。どうして好きになったのかまったくわからない場合に、きっと前世の因縁《いんねん》かも、みたいなことがまことしやかに言われることがある。前世の因縁ということになると、わたしなどはお手上げだが、過去というファクターは人の好みに確実に影響している。

わたしたちは誰でも過去に影響を受けて生きている。そしてその影響の受け方は単純ではない。過去の記憶は、それが強烈なものでも、そうでないものでも、すべてわたしたちの「無意識」の中に眠っている。意識に上がってくる事象・ことがらはその中のごく僅《わず》かである。わたしたちはたとえば映画の男優の名前なんかを忘れることがよくある。喉《のど》まで出かかっているんだけど、みたいなことを言う。その男優の顔は憶えているのに名前が出てこない。それは「知らない」のではなく、「思い出せない」だけで、無意識の広大なハードディスクの中にちゃんと保存されていて、その情報を取り出せないだけなのだ。泡がどこからか上がってくるようにやがて名前が浮かんでくるが、それは三日後だったという場合もある。

寂しいから人を愛するのか

そのことからでもわかるように、わたしたちは記憶をすべて「把握《はあく》」しているわけではない。だが、わたしたちの好みには、わたしたちの過去が影響している。だから、誰かを好きになるとき、そこには本当は理由があるはずなのだ。その人のどこが好きだったのか、その理由は無意識の中にちゃんと眠っている。だが、無意識は驚くべき複雑さを持つ迷宮のようなものなので、その理由がどこにあるのか、精神分析を受けても、催眠術で探っても簡単にはわからない。わからないのだからそんなことを考えてもしょうがない、わけではない。

自分の好みをある程度把握している人とそうでない人では、生き方に差が生まれる。たとえばセックスだが、自分がセックスが好きなのか嫌いなのか、好きな人だったらいいのか、誰でもいいのか、オナニーより好きなのか、ひょっとしたら自分は寂しいだけでセックスは男が求めるから無理矢理好きだと自分で思い込んでいるだけではないのか、みたいなことを考えてみるのは無駄ではない。テレクラにはまり、一見色情狂のように男を漁《あさ》っている女でも、別にセックスはどうでもよくて、単に寂しかった、というケースは多い。

男は、特に若いうちはセックスというのは一種のスポーツのようなものだから、女とは比べられないが、それでも寂しさが影響していることが多い。アメリカの現職大統領クリントンは、圧倒的な数の女性スキャンダルを披露しているが、彼はアダルトチルドレンである。幼い頃アルコール依存の父親に虐待を受けて育った。そういう人は、自分でも制御できない寂しさを抱えていて、常に誰かに必要とされていなければその寂しさに耐えられない。誰かに必要とされるということは、その誰かが、自分を受け入れてくれるということ、つまりセックスをさせてくれるということだ。

無意識の中には、そういう、コンプレックスと呼ばれるものも眠っている。コンプレックスは、やっかいなことに意識にはあまり上がってこない。自分はこういうコンプレックスを持っていると自分で把握している人は、すでに半分くらいコンプレックスを克服していることになる。

たいていの場合、コンプレックスは自覚できない。背が低いとか太っているといった女性に多いコンプレックスは、実はその人の本当のコンプレックスを隠すためのダミーであることも多い。本当のコンプレックスは、ほとんど過去の家族の問題にそのルーツがある。親だけを頼りにして生きる時間が人間の場合は非常に長いのだ。それは「乳幼児」と言われる時期で、だいたい四、五歳までとされる。

自分の好みがわかる女に

わたしたちはその頃に起こったことをほとんど忘れていると思っているが、無意識の中に眠っているだけなのだ。四、五年といっても、二十代や三十代の四、五年とは体感時間が比べものにならない。だんだん一年が短くなっていくという実感を誰でも持ったことがあるだろう。六歳の頃の一年はそれまで生きてきた一生の六分の一だが、六十歳になると、単純に六十分の一になってしまう。

人間は大人になると乳児の頃のことを簡単に忘れてしまう。もちろん無意識の中にはプールされているのだが、意識の表面に記憶の泡が上がってくることが非常に少ない。そこには恐ろしい不安や制御できない恐怖や圧倒的な喜びがあったはずだが、具体的な記憶はほとんど失われている。特に、不安や痛みや恐怖といったネガティブな記憶は、無意識の底に封印されてしまう傾向がある。誰だってそんなものは思い出したくないからだが、完全に封印することなどもちろんできない。

それらの封印されたはずの記憶は、ときおり意識の表面に目立たないかたちで顔を出すことがある。それは、ときおりその人の「好み」となって表れることがある。だから、その人のことをどうして好きになったのか自分でもわからない、といったことが起こるのだ。わたしたちは、その人の声や話し方、ちょっとした仕草などを好きになってしまうことがあるが、そのことにも無意識が作用している。

テレビでそのイメージを増幅・増量させて商品となるタレントたちは、そういう無意識の「好み」の最大公約数となりうる人間が選ばれる。昔は、日本に近代化の達成という国民的な大目標があったから、「好み」にもその影響が表れた。国民歌手や国民女優と呼ばれる人たちがいた。今はいない。

国民的な目標がない今のような時代では、「好み」は次第に個人的なものになっていく。一人一人の「好み」が違ってくるというような単純なことではない。たとえば男の場合、その男が属している集団の力が薄れてくるのだ。東京三菱銀行や大蔵省や東大医学部というステイタスが次第に崩れてくる。都市部では今も相当崩れてきている。

日焼けサロンに通うおじさんが増えているそうだ。おじさんたちは自分を健康的に現代風に見せようとしているわけで、彼らは個人的な外見上の価値を身につけたいのだ。

新入社員が整形手術を受けるのも流行っているらしい。母親に連れられて、鼻や目を手術するそうなのだが、それだって個人的な外見上の価値が欲しいわけだ。バカだと思うが、笑えない。集団ではなく個人の時代になると、顔やスタイルの良さを含めた個人の価値が問われる。もちろん個人的な「能力・技術」がもっとも問われるわけだが、それに自信がない男は、整形だってするし日焼けサロンにだって行くだろう。

当たり前のことだが、自分の好みをしっかり持っている女が、これからは有利だ。

「感動もない女」の行く末

執筆中の小説の資料として、昭和の歴史的な映像を見ているのだが、驚かされることが多い。ビデオの中には、水着のような衣装で木製の銃を構え行進している美女の群れがいたりする。いったいこれは何だ、とびっくりするが、昭和十年代の松竹レビューガールたちの軍事訓練なのだった。レビューというのはスタイルのいい若い女の子たちが横一列に並んで足を上げたり寸劇を演じたり歌を歌ったりするもので戦前は人気があったのです。

そういう女の子たちが軍事訓練が好きだったわけではない。昔の時代にそうやって映像として残っているものはみな官製というか、宣伝のために当時の政府が製作したものだ。映像はその頃個人のものではなかった。レビューガールさえこのように軍事訓練に励んでいるのです、あなた方も励まなくてはいけません、というような意味を持つ宣伝映像なわけで、きっとニュースとして映画館で流れたのだろう。

今見るとそういった映像はほとんどギャグだ。かなり笑える。だが、当時は笑うことはもちろん許されなかった。

何を言いたいかというと、今は当たり前のことでも数十年後にはギャグになってしまうことがこの世の中にはあるということだ。これからどういう世の中になっていくのか本当は誰もわからないのだが、少なくとも予測することはできる。個人が力を発揮しなければ生きていけない時代が来るのではないかと予測する人もいる。そういう兆候はすでにある。

一流企業・証券会社で一所懸命こつこつ努力してきたおとうさんが突然の倒産で路頭に迷いそれまでの人生を疑う、などというのは今やそれほど珍しいことではない。これまでは、会社であまり目立つことなく、周りとうまくやって上司の受けがいい人が出世してきた、ようだ。わたしはサラリーマンの経験が皆無なのでよく知らない。だが、ときどき出版社などでも、どうしてこいつが取締役なんだ？　と絶句するような人物に出会うことがある。それとなく関係者に聞いてみると、彼は社長の受けがいいんです、ということになったりする。

そういうバカな時代が本当に終わるのかどうかわたしにはわからない。だが、個人の実力で就職や昇進や収入が決まるような時代にならないと日本経済は破滅する。もうすでに半分破滅していると言う人もいるが、とにかく何かが変わっていかなくてはいけないのだろう。わたしは世の中がどんなに変わっても関係ない。昔から一人でやってきたので、世間の価値観がどういう風に変わろうと平気だ。

女たちに階級が生まれ始めた

個人の時代になっていくと仮定すると、当然個人の実力が問われる。実力というのは出身大学のことではない。その人に何ができてどういう可能性があるかということだ。だからたとえば幼稚園から塾に通うような子どもたちは三十年後にはギャグになるかも知れない。こんなバカなことをやっていた時代もありました、というわけだ。

恋愛は時代の変化と共に、変わるだろうか。変わるだろう。すでにその変化の兆候はある。

個人の実力が問われる時代には、これまでにはない「格差」が生まれる。ある種の階級社会ができるわけです。近代化途上で、みんながそれなりに貧乏な時代にはなかった新しい「階級」が生まれる可能性がある。子どもたちの間にはすでにそういう階級が生まれているような感じがする。昨年の暮れ、女子高生五十一人にインタビューをしてもうすぐそれが本になるが（『夢見る頃をすぎれば』リクルート出版）、彼女たちの間にはすでに「階級」があった。

ダメな子はダメで、そういう子にはもうチャンスのようなものはないような気がした。充実して生きるためのチャンスのようなものである。確かに、女の子だから、容姿が美しかったら金持ちの男をだまして結婚するというようなうまい話があるかも知れない。でも個人の時代になったらそういう玉の輿《こし》的なチャンスも減るのだ。

個人の時代というのは、恋愛とか結婚とかいう前に、自分を確立しなければいけない。自分を確立するというのは、自分の人生を経済的に支えることができるということだ。精神的な自立は経済的な自立なしでは成立しない。先進国では、女優だろうがモデルだろうが自立した女が好まれる。要するにパーな女は誰からも相手にされないということだ。パーな女というのは、学校の成績が悪いという意味ではない。教養がなく、話も退屈で、音楽や文学とも無縁で、好奇心もなく、精神がおばさんで、というような女のことだ。

どうしようもない男が増えつつあるのと同じで、どうしようもない女も増えている感じがする。女子高生五十一人と会ってそういう印象を持った。

自立してない男を見破れるか

考えてみればすぐわかることだ。デパートやコンビニの前でうんこ座りして煙草を吸いながら、カラオケ行く？　ゲーセンにする？　みたいなことを言っている十六歳と、自分で将来の目標を決めてパソコンや外国語を学ぶ十六歳では、十年後にはかなりの開きが出る。もちろん語学やパソコンをやっていればそれで充実した人生が約束されるというわけではない。だが、可能性の問題で、パソコンはできないよりはできたほうがいいし、語学だってそうだ。可能性をできるだけ高めていく人とそうでない人には差がついてしまうということです。

これまでこの国ではそういうことはタブーとされてきた。人間に格差が生じるなどとエッセイなどで言ってはいけなかった。パーな子でもダメな子でもとにかく近代化のために働いてもらわなければいけなかったからだ。ダメな子、パーな子にはそれなりの単純な労働が用意されていた。だがこれからは単純な労働は第三世界に生産拠点が移されるし、外国人の労働者も増えている。

ダメな子、パーな子は生きていくのも難しいから、恋愛どころの話ではない。恋愛できない人は確実に増えていくだろう。

じゃあ、この雑誌を読んでいる女性たちはどうすればいいのか。この雑誌を読んでいる大勢の女性たちに共通した有効な解答などない、というのが本当のところです。昔はそういう答えやアドバイスがあった。日本という国に一体感があったからだ。「みんな一緒にがんばろう」みたいな牧歌的な一体感があった時代は、識者の、「全女性に共通のアドバイス」に耳を傾ければよかった。

繰り返すが、こうしなさい、とか、こうすればいい、というようなアドバイスはない。それぞれの個人が生きていくために自分自身で考えなくてはいけない。面倒だといえば面倒だが、自由とはそういうものだ。だから、これからの時代、そういったアドバイスを平気で口にするような人のことは信用してはいけない。一般的なアドバイスができない時代になるわけだから、そういう「心の処方箋」みたいなことを言う人は嘘つきに決まっている。だまされないようにするのもこれからは大事なことになってくる。だまされないようにするためにはどうすればいいのか。これも簡単ではない。

恋愛でだまされないようにするためにはどうすればいいのか。もちろんこの問いにも一般的な解答はないが、ただ一つ、逆説的で有効な答えがある。

それは、恋愛を必要としない人生を選ぶことだ。恋愛に頼らなくてもすむ充実した人生と言うほうが正確だが、それだけが恋愛においてだまされない唯一の方法である。

もちろん恋愛というのは一種の精神的なゲームだから、その中に嘘は最初から潜んでいる。恋愛において、だまされるというのは、独身だと思っていたのに妻子がいたとか医者だと言っていたのにホストだったとかそういうことではない。

その相手が自立できていないことを見破れなかった、ということだ。これまでにも何度も書いてきたが、自立できていない男は女に依存する。依存されると、自尊心をくすぐられるし、この人はわたしがいないとダメなんだと思えたりするから、最初のうちは大変気持ちがいい。だが自立できていない人間は基本的に関係性を結ぶことができないので、結局は破綻《はたん》する。

女性も個人で生きる時代が来る。個人で生きる時代が幸福な時代かというとそれは一般的に肯定はできない。時代というものはわたしたちが選ぶものではない。経済活動という巨大なシステムが決定するものだ。だから、その中で生きるしかない。

幸福という概念ではなく、充実という概念が大切になるだろう。充実して生きることができるかどうかは、一人一人の個人の訓練と努力にかかっている。

恋愛をあきらめないための選択肢

先日テレビで決定的なシーンを見た。橋本龍太郎《はしもとりゅうたろう》がイギリスのバーミンガムでG8のサミットに参加したときのこと。ええと、先進国首脳会議のことです。

会議でも橋本はまったく主体性を発揮することなく、世界の政治主導者と一緒にいられてうれしいですと喜んでいただけだったが、イギリスのブレア首相が主催したコンサートの映像を見たとき、わたしはからだから力が抜けていくのを感じた。コンサートの会場は立派な劇場のようなところだった。二階の桟敷席《さじきせき》のような場所にクリントンやブレアや橋本がいた。曲はビートルズの『愛こそはすべて』で、そのニュース映像では誰の演奏かわからなかった。イギリスには有名なアーティストがたくさんいるから、誰の演奏だったかはこのエッセイには関係がない。クリントンは自分でサックスを吹くくらいだから、奥さんのヒラリーと共に歌を口ずさみながら上手にからだを動かしていた。ブレアはわたしと同じ歳でビートルズ世代だから、これも楽しそうに手を叩き踊っていた。

問題は我らの橋本龍太郎だ。橋本は恐らく『愛こそはすべて』を知らなかったのだろうと思う。知らないのだから口ずさむことはもちろんできない。だったら、大人しく黙って楽しそうに見ていればよかったのだ。橋本龍太郎はにこにこ笑いながら踊っていた。両手は日本の盆踊りのような動きで、からだも日舞のようにくねっていた。おぞましい、悪夢のような動きだった。

自国と関係の深い外国の文化を知るのは大事なことではあるが、橋本が『愛こそはすべて』という歌を知らなかったのは、人間として、恥ではない。ビートルズの超有名な曲くらいは教養として知っていて欲しいが、そういうことは日本の政治家には望めない。だが、橋本龍太郎の踊りは、わたしの元気を奪い、生きる勇気をくじくものだった。ミュンヘンビール祭りに参加した観光客ではなく一国の首相なのだから、コンサートを静かに眺めていて欲しかった。その奇妙で恥ずかしい踊りを見て、わたしは何か決定的なものを感じた。何か見てはいけないものを見たようだった。

あのコンサートが完全にプライベートなものだったら、あの橋本の踊りは許されるだろう。ブレアの私邸での家族的なパーティだったら、かっこ悪いが微笑ましいと思われたかも知れない。だが、あの映像はニュースとして全世界に流されたのだ。

わたしが感じたものは、屈辱、ということだった。ビートルズという世界性を持ったアーティストを知らず、そのことを何とも思わず、つまり自分がどれだけ無知かを知らない。自分の踊りが世界のスタンダードからどれだけ外れているかもわからない。そういう踊りが全世界に放映される効果も考えない。橋本龍太郎に何か期待しているわけではない。指導力があるとも思っていないし、洞察《どうさつ》力もない。教養もない。今はそういう人間にとって大切なものを持っている人はバカ臭くて政治家になんかならない。決断力があるとも思わない。もちろん国際性もない。場当たり的な政策に終始する最近の政治家の典型だ。だが、屈辱を絵に描いたような、あれほどすごいパフォーマンスをやってしまう人だとは思っていなかった。

当たり前のことだが、世界と交わっていくのは簡単なことではない。世界で活躍し、その実力が認められている日本人は本当に少ない。でも、この国には世界の情報が充満していて、日本的とされる演歌歌手よりも、黒人のように歌い、黒人のように踊れる歌手のほうが圧倒的に人気がある。だがその黒人のように歌い、踊れる歌手は世界ではまったく無名だ。劇団四季は、貧乏人がお下がりの服をもらって喜ぶように、アメリカやイギリスのミュージカルを日本人の役者を使って日本人の演出で日本で公演する。日本のミュージカルをブロードウエーで公演することはない。全体として、猿真似の国なのだ。欧米に憧れながら、欧米人の真似をして、欧米で流行っていることを日本風にアレンジし、仲間内で楽しむ。だが、そういう日本のやり方が世界の目に晒されたとき、その異様さが露《あら》わになる。

彼に「国際競争力」があるか

わたしの友人のイギリス人ジャーナリストが、日本の『ミス・サイゴン』を見て、感想を述べた。

「あれは本来ベトナム戦争の悲劇をアメリカ風に味付けした作品だ。アジア蔑視《べっし》も含まれているが、非常によくできたミュージカルでもある。だが、わたしがわからないのは、どうしてあの作品を日本人が日本人の役者だけで日本語で上演するのかということだ。日本人はベトナム戦争に参加したのか？」

アフリカン・アメリカン（アメリカの黒人）の友人は、渋谷などを歩く若い男のファッションについて、わからない、とわたしに言った。

「どうして日本の若い男がニューヨークの黒人のファッションをしているのだろうか？　それで、奇妙なことに、ファッションは完璧に同じなのに、彼らはほとんど英語が話せないんだ。おれは彼らのファッションを見てブラザーみたいだと思ったから話しかけてみたんだが、誰も話せなかった。それで、英語がわからないくせに、ウォークマンでヒップホップを聴いているんだよ。ヒップホップは言葉が命なのに。どうしてなんだ？」

面倒だったので、バカだからだ、とわたしは答えた。だが、彼は納得しなかった。

「日本ではバカがあれほどたくさん街を歩いているのか？」

日本では当たり前のことが、日本の外から眺めると異常に見える、そんなことは数え上げればきりがない。日本の外からの視線を、日本は意識できないし、なぜか意識しないようにしている。

そういったことはこれまでにも他のエッセイなどでさんざん書いてきたが、バーミンガムで盆踊りを踊った橋本龍太郎が決定的だと思ったのは、日本の首相だったからではない。これから日本人の女は恋愛をあきらめるのではないかと、そういうことを思ったのだ。

難しいことは省くが、人間は経済活動によって精神性を獲得する。子どもを産めない分、男はその傾向がはっきりしている。彼は自分の経済活動によって、つまり仕事とそのコミュニケーションによって、財産や地位や友人や誇りを得て、女たちの前に現れる。日本の金融・経済は、これから先、国際的な競争に晒されるようになる。金融ビッグバン、ともてはやされているものの正体は、国際的な競争と淘汰《とうた》だ。

少数の勝者と圧倒的に多数の敗者が生まれる。敗者は誇りも失う。実は、レースはすでに始まっている。勝者の条件ははっきりしていて、それは国際競争力だ。金融、経済、文化、スポーツ、あらゆる面で国際競争力が試される。国民はその兆候を無意識に読み取っていて、外資系の会社に人気が集まっているし、サッカーの中田は世界選抜に出場してから人気が大ブレイクした。今、これを読んでいるあなたは、住友銀行とメリルリンチだったら、どっちに勤めている男を選ぶだろうか？

恋愛対象になる男は絶滅寸前

変化はゆっくりと、だが確実に進む。国際競争力のない男が大量に出現する。あなたが国際競争力のある男と結ばれる可能性は非常に少ない。絶対数が少ないからだ。あなたは決断を迫られる。国際競争力のある男が現れるまで待つか、敗者で我慢するか、あるいは国際競争とは無縁な男にもいいところがあるという価値観を持つか、つまり有機農業でおいしいアスパラガスを作っているような男のほうがいいという価値観を持つか、あるいは外国人を選ぶか、または恋愛をあきらめるか、選択肢はそれくらいしかない。

橋本龍太郎がバーミンガムで踊るのを見たときにわたしが感じたのは、これで恋愛をあきらめる女が増える、ということだった。女は、恋愛の対象である男に、父親と息子の両面を求めるとよく言われる。安定を与えてくれて頼ることができて、また母性を刺激し保護本能を満足させてくれるような危うさも持っている、そういう男が恋愛の対象になる。

橋本龍太郎の盆踊りは、日本ではそういう男が絶滅寸前まで減っていくという事実を暗示するものだった。国際競争力のなさをこれでもかと露呈するものだった。

橋本は踊るべきではなかった。これで少子化と老齢化社会がいっそう加速するだろう。

自立してない男がきちんと不幸になっていく

今回の参議院選挙で、自民党は大敗し、橋本龍太郎は辞任した。これからどうなるか、まったく予断は許さないが、とりあえずはめでたいことです。イギリスのバーミンガムサミットで最低の盆踊りを披露した首相は後継者がいようがいまいがとにかく早く辞めてもらいたかった。前回も書いて、しつこいかも知れませんが、ああいうのを真の国辱と言うのです。

ワールドカップが終わった。開催国フランスの優勝。準々決勝までフランスにいたわけだが、どうして最後までいないで帰ってきたのかとよく聞かれる。サッカーは恐らくスポーツの中で最高に面白いが、だからこそ、人生がサッカーだけになってしまうことを警戒しなければならないのだ。それで帰ってきたのだが、う〜ん、何のことかよくわからないでしょう?

フランスではサッカーの観戦だけではなくて、せっかく長期滞在するわけだから、料理とかワインとかホテルにも凝って旅行してきて、友人たちから罰当たりな旅だと言われた。ナント、トゥールーズ、モンペリエ、アルル、マルセイユ、サロン・ド・プロヴァンス、サン・エチエンヌ、ボルドー、といったフランスの地方都市にも行って、その土地のローカルのワインを飲みおいしいものを食べたし、パリやリヨンでは最高の三つ星レストランにも行ってしまった。ホテルは基本的にシャトーホテルに泊まった。海辺に建つお城のホテルや、プロヴァンスを見下ろす丘の上に建つ十二世紀の修道院を改装したホテル、ボルドーの郊外の中世そのままという古い街にある隠れ家のようなホテル、アルビというロートレックが生まれた街の美しい川の畔《ほとり》にひっそりと建つホテル、それはもう数え上げればきりがありません。

で、そういったことを自慢したいわけではなくて、そういう他では絶対に味わえないフランス料理とかワインとかシャトーホテルとかの擬似的な体験を日本で求めるのはバカ臭い、ということを言いたいわけです。マルセイユの小さな古い港に、シェス・フォンフォンというブイヤベース発祥《はっしょう》の店がある。昔何度かそこでブイヤベースを食べて、今回も行った。南フランスで食べるブイヤベースはどこもかなりおいしいが、シェス・フォンフォンにはかなわない。味が洗練されていて、繊細で、しかも強い。初めてそのブイヤベースを食べたとき、これがブイヤベースか、と思った。発祥の店なので、これがブイヤベースの本当の姿で本当の味なんだろうな、と思ったわけだ。それまでにわたしは湘南や青山のシーフードレストランでブイヤベースを食べたことがあった。ブイヤベース発祥の店のブイヤベースはそういう日本で食べたブイヤベースとはまったく違う種類の食べ物だった。

他の国の食べ物なのだから、日本で真似て食わせるといってもどうしても無理がある。素材の違いと、調理する環境の違い、つまり水や火力や調理器具の違い、そして何よりもその土地に住む人の味覚の違いという問題がある。パリやニューヨークでおいしい天丼やすき焼きを作る困難さを想像してみればすぐわかることだ。

「人並み」なんて死語になる

わたしは日本のフランス料理屋にはたまに行くが、イタリア料理屋にはほとんど行かない。おいしい店がない。イタリア料理はイタリアがもっともおいしくて、ニューヨークもかなりうまい。イタリア料理は素材が命だし、パスタを茹《ゆ》でる水質の問題もある。日本で本当においしいイタリア料理を作るのはどうしても無理があるのだ。非常に限られているがそれなりにおいしい店もある。だがそういう店は高い。

日本のイタリア料理屋に行くな、と言いたいわけではない。だが、今は日本の地方都市にもイタリア料理屋があって、それはほとんど恐ろしくまずい。しかも高い。その地方都市の特産にはおいしいものがたくさんあるのに、なぜこういうまずいイタリア料理を食べなくてはいけないのかと三回ほどわたしは激怒したことがある。

イタリアで食べたほうがおいしいのはわかるけどなかなかイタリアへは行けないから、みんな食べているのだと思う。本場のミュージカルはなかなか見れないから劇団四季のミュージカルで何となくミュージカルを味わった気分になるのと同じだ。本場には遠いから擬似的なもので代用する、というのは後進国の考え方だ。わたしたちはイタリア料理に象徴されるものに憧れているんです。だからまずくても高くても平気なんです、と世界に向かって宣言しているのと変わりはない。恥ずかしいことなのだが、日本はまだ近代化をやっと終えたばかりなので、わかっている人があまりいない。

あんたはイタリアやニューヨークでイタリア料理を食べる機会が多いからそういうことが言えるんだ、という反論もあるかも知れない。その通りです。どうしてもおいしいイタリア料理を食べたかったら借金してもいいからイタリアやニューヨークに行けばいいではないかと思うがそこまでやる人はほとんどいない。

わざわざ本場へ行かないのは、どうしても食べたいわけではないからだ。イタリア料理を食べなくては死んでしまう、ということではない。おしゃれだとされているようだし、有名人とかそういう人たちが食べているらしいから、何となく食べているだけだ。

さらに言えば、暇だからだ。何か必死でやっていることがあれば、イタリア料理なんかどうでもいい。

でも、そういう傾向は少しずつ減っているような気もする。つまり本来は外国でしか味わえないことの擬似的体験をして喜ぶ、というようなことだが、都会ではあまり流行らなくなってきているようだ。そんなことは当たり前のことで、今はそんなことをやっているような場合ではない。欧米の猿真似をして喜んでいるような場合ではない。

欧米の真似をして安い製品を輸出していればすべては安泰、欧米の紹介をすれば雑誌も売れるという能天気な時代が終わろうとしている。お嫁に行くんだからアタイは関係ないもんね、と女のあなたも簡単に片づけることはできない。何をしたらいいのかわからない、何の技術も能力もない男たちがきちんと不幸になる時代がやってくるということだからだ。

大きな会社や役所にいれば何とか人並みに暮らしていけるという時代は完全に終わった。人並み、という言葉も死語になるだろう。数少ない成功者と圧倒的多数の落伍者《らくごしゃ》が社会を構成するようになる。

バカの嘘を信じちゃいけない

勘違いしないで欲しいが、成功者というのは、いい大学に行き、大企業や有名官庁にいる男ではない。仕事へのモチベーションを持ち、充実した人生を持っている人のことだ。そういう人は社会全体の数パーセントしかいない、という時代がこれからしばらく続くだろう。脱近代化の不安定な過渡期がここしばらく続くし、子どもたちは相変わらず「いい大学へ行け、大きな企業へ就職しなさい、国家公務員上級試験さえ受かれば人生はバラ色だ」などという嘘を教え込まれているからだ。

常に失業や転職の不安に晒され、いつ落伍者の烙印《らくいん》を押されるかとびくびくしている男たちに、恋愛はできない。自分に自信がある男か、または自信を生む何かをきちんと目指している男でないと恋愛なんかできない。このエッセイでも何度も書いてきたことだが、自立していないと誰かと関係性を持つことはできないのだ。

頼られるのが好きだという女もいるのかも知れない。依存され、あなたがいないと生きていけないと言われることが好きな女もいるのだろう。だが、あなたがいないと生きていけない、というのは必ず嘘だ。そういう男は依存さえできれば誰でもいいと思っている。甘えさせてくれる女なら誰でもいいと思っている。

それではこれから女はどうすればいいのか、どうすれば充実した恋愛ができるのか、雑誌を読めばそういうアドバイスが載っている時代が終わろうとしているのです。自分で考えるしかありません。とりあえずは、高いイタリア料理をおごってくれたというだけで男を好きになったりしないようにしましょう。イタリア料理がどうのこうの、ワインがどうのこうのと日本で解説している男は全部バカです。

本質的な寂しさからどう抜け出すか

和歌山の新興住宅地で起きた夏祭りのカレー毒物混入事件はショックだった。ひどい世の中になったものだ。この原稿を書いている段階で犯人は明らかになっていないが、メディアはこの犯罪の本質について気づいていないような印象を受ける。

犯人が逮捕されればそれですむといった類《たぐい》の事件ではない。犯人は、日本の地域共同体の信頼を破壊してしまった。新潟でも似たような事件が起きて、それは会社という「職場」だった。地域共同体と職場というのは、日本という国家を支えてきた重要な集団単位である。

昔、地域共同体には会社勤めの人々の仕事の疲れを癒すという機能があった。会社、職場でのストレスを人々は地域共同体の暖かい人間関係の中で癒すことができたのだ。わたしにもそういう記憶がある。高校を卒業して上京したばかりの頃、帰省して近所の魚屋のおじさんとか八百屋のおばさんとかのいつも変わらない笑顔を見ると安心した。

地域共同体には、つまり町とか村とかご近所と呼ばれるところには、よく知っている人たちがいて、なじみの店や喫茶店や集会場や公園があり、夏や秋にはお祭りがあった。そこは、そこに住むものが安心できる場所だったのだ。

このエッセイを読んでいるあなたは、あなたが住んでいる町で夏祭りがあって、カレーライスがサービスとして出されたとき、それを食べることができるだろうか。あなたが若い母親だったら、祭りで、誰が作ったものかわからない食べ物を自分の子どもに食べさせることができるだろうか。これからは誰かが試食して見せないと祭りの食べ物を食べられない、ということになるかも知れない。

だが、わたしはこういうひどい状況を嘆いているわけではない。和歌山や新潟だけの事件だったら、ただ犯人を憎めばいいのだが、問題はそう単純ではないような気がする。憂鬱《ゆううつ》なのは、和歌山と新潟だけが特別だと思えないことだ。うちの町は絶対に大丈夫だ、うちの職場ではそんなことは決して起こらない、と誰も断言できないのではないか。

こういった憂鬱な問題は日本だけで起こっているわけではない。無差別なテロは世界中で起こっている。だが、そういったテロや暴力の大半は、宗教的な、あるいは民族的な対立が原因であり、歴史的な遺恨があり、そこに貧富の差が影を落とすこともある。つまり誰かが誰かを憎むはっきりとした原因があるのだ。推測は危険だが、和歌山や新潟の事件に宗教や民族の歴史的な対立が絡んでいるとは思えない。

わたしたちは、何となくわかっているところがある。夏祭りのカレーに毒物を混入した犯人の動機が理解できるということではなく、そういうことをする人間がこの世の中のどこかにいるということが何となくわかっているのだ。からだを売る女子高生がいて、十三、四歳の女子中学生を金で買う大人の男がいて、先生をナイフで刺す中学生がいて、ホームレスを襲う少年のグループがいて、小学校のウサギが殺され、テレクラで不倫相手を探す主婦がいて、数十万の生徒が不登校になり、多くの引きこもりの男と過食症と拒食症の女がいて、虐待を受ける多くの幼児や少年少女や女たちがいる。

本質的な寂しさを感じたとき、どう対処すればいいか誰か教えてくれるようなシステムもない。ほとんどの人たちはそういう状況で育っていくのだ。周りの状況に傷ついたり、どうしようもない寂しさを感じたりして自分の中でわけのわからない悪意が生まれたとき、その人間が暴走するのをどうやって制御すればいいのだろうか。

みんな自分のことを誰かに知って欲しい

今回も読者からのホットラインの一部を読ませてもらった。編集部に相談の電話をするくらいだから、みんな何かしら悩みを抱えている人たちの訴えだ。例によって、別れた彼がストーカーまがいのことをしてくるとか、友人ができないとか、妻子ある男と付き合っているのだが約束だった彼の離婚が進まないとか、結婚してすぐにセックスがなくなったとか、そういう相談だった。これまでは、そういう相談の一部を記録したものを読んで、なんてバカな人たちだろうと思った。世界はもっと広いのだし、考え方をほんの少し変えるだけで、自由が手に入るのに、と思ったりした。だが、今回は違った。しょうがないのではないかと思った。こんな国に住んでいれば、ダメな男だとわかっていても、寂しさから逃れるために、とにかく一緒にいたい、別れられない、と思うのもしょうがないのではないかと思うようになってしまった。

少なくとも誰かと一緒にいれば、ベッドで肌を寄せ合っていれば、最悪の寂しさからは逃れることができる。自分の生き方はこれでいいのだろうか。自分は自分の可能性のすべてを試しているのだろうか。他の人と比べて自分は幸せだと言えるのだろうか。自分の人生は今の自分が送っている生活以外には本当にあり得ないのだろうか。この先何かいいことはあるのだろうか。そもそも自分にとっていいことというのはどんなことなのだろうか。そういった疑問が起こったとき、相談できる友人もいないし、慰めてくれる恋人もいないし、解決策はどこからも手に入らない、といった人たちはどうすればいいのか、わたしにはわからなくなった。

これまで、恋愛が可能な条件というのは一人でも生きていけることだ、と繰り返し書いてきた気がする。そんなことが今のこの世の中で一般的に可能なのだろうか、と疑問に思うようになってしまった。テレクラで人と知り合うのはさもしい、みたいなことも書いたような気がする。だが、誰も助けてくれなくて、他に頼れる人が誰もいない場合にはしょうがないのかも知れない。一人で部屋でテレビを見ていても、ただ時間が過ぎていくだけだ。

人間には誰でも、死にたくなるほど寂しいときがある。そういう本質的な寂しさは、本当はカラオケやテレビゲームやテレクラでは埋めることはできないが、他に何もない場合にはしょうがないのかも知れない。

最近テレビを見て驚くことがある。別れ話をお笑いタレントに漏らして笑いの種にされたり、別れた彼をテレビ局のスタッフと共に捜したり、夫とのセックスや不倫の体験をあけすけに話したり、自分はどういう種類の風俗が向いているか相談したり、そういう女がテレビの中に大勢いる。彼女たちも寂しいのだと思う。

笑われてもいいから自分のことを誰かに知って欲しいのだ。バカにされてもいいからテレビに出て何かを話したり確認したりしたいのである。彼女たちをバカだと決めて無視するのは簡単だが、彼女たちは夏祭りのカレーに毒物が混入されるような社会で育ち、生きている。自分の寂しさと向かい合うのは辛い。他にどういう方法があるのだろう。テレクラでまったく知らない男と出会って、カラオケを歌い、ラブホテルでセックスする以外に、どういう方法が可能なのだろうか。

タレントになれるほど美しくもなく、特別な職業に就けるような技術も頭脳もなく、何もせずに暮らしていけるような資力もコネもないような、ごく普通の女たちは、どうやって本質的な寂しさから自由になれるというのだろうか。

寂しさが生まれる環境

どこにも希望がない。希望は与えられるものではなく自分で探すものだ、みたいなことを偉そうに言う人は大勢いるが、どうやって探せばいいのか誰も言ってくれない。わたしの知り合いに、まったく笑わない女がいる。彼女は笑い方を知らない。小さいときからずっと笑ったことがない人間は大人になってからも笑うことができない。

友人ができないという女も多い。会って話を聞いていると、この人は誰にも好かれることがないだろうなと思う。そういう人は他人に「好かれる」ということがどういうことか知らないのだ。他人を好きになるという概念もない。誰からも大切に扱われたことがなく、君のことが大切なんだと言ってもらった経験もない。そういう人間は基本的な人間関係を維持することができない。その人間が悪いわけではない。ある環境で育てば、誰だってそういう人間になってしまう。社会が悪いと単純に決めつけることもできない。社会というのはわたしたちの外にあるものではない。わたしたちの一人一人が社会をかたち作っているのだ。だから社会のせいにするのはフェアではない。

何も明るいことはないし、希望の欠片もない。寂しさのあまり毒物を手にするよりも、テレクラで男を探したほうがまだましなのかも知れない。

あなたにしか探せないもの

日本はどうなっているのだろう。連鎖的に続いた毒物混入事件は解決したのだろうか。今、イタリアのペルージャという町にいる。滞在はもう二週間を過ぎた。なんというか、いい町だ。毎日原稿を書いている。『文藝春秋』というおじさんの雑誌に連載を始めたので、毎月の原稿量が飛躍的に増えてしまった。『文藝春秋』という雑誌は基本的に日本の保守的なエスタブリッシュメントが読む雑誌なので、アウエーで試合をするような感じで書かなくてはいけない。

ペルージャでは、朝起きて町を散歩して、軽くカプチーノとサンドイッチで朝昼兼用の食事をして、午後はずっと原稿を書き、夜は中田選手と食事をする、という生活だった。もちろん中田の試合がある日曜日には、スタジアムに見に行く。ホテルはペルージャの旧市街に建つ五つ星で、その昔エリザベス女王も泊まったというスイートルームにずーっと泊まっている。夕食はもちろんとってもデリシャスなイタリア・トスカーナ料理で、必ずリゼルヴァの超おいしいワインを飲むことにしている。数千円出せば信じられないような味のワインが飲める。単調な毎日だなと思っていたが、あと数日で日本に帰るというときになって、ひょっとして贅沢な旅なのかも知れないな、と思うようになった。

本当に日本はどうなっているのだろう。ＣＮＮに日本が登場することはないし、このホテルではＮＨＫの「おはようニッポン」が一時間だけ映るのだが、台風のことしかわからなかった。今日本ではこういうことが起こっていて、こういう風に人々は考え、こういう風に行動しようとしているのです、というような情報の発信が、要するに日本はまったくないわけです。だから何にもわからない。

日本では今、金融・経済が恐慌寸前だと言われている。恐慌寸前というか、破滅寸前なのは、経済だけではないとわたしは思う。『文藝春秋』の小説には親友をいじめて自殺未遂に追いやり転校させた中学生が登場する。イタリアでそのストーリーを書いていると、ものすごく異常なことだと実感する。だが日本では掃いて捨てるほどどこにでも転がっている日常的な一つのエピソードにすぎない。そんな話を聞いても誰も驚かない。わたしが破滅的だと言っているのは、不良債権問題で依然として情報が開示されず、女子高生がブランド品のためにからだを売り、祭りのカレーやコンビニの缶入りウーロン茶に毒が入れられ、いじめで自殺する生徒があとを絶たず、学校に行かない不登校の生徒が全体の二パーセントもいるから、ではない。そういうことは確かに異常だが、理想的な国などどこにもなくて、世界中のどの国もどの地域もそれなりの矛盾や問題を抱えているのだと思う。

日本が破滅寸前ではないかと思うのは、そういった問題がまるで当然のことのように、最初から日本にあったかのように認識されていて、誰も深刻には考えていないように見えるからだ。

あなたの希望はどこにあるか

イタリア・ペルージャの町は美しく、料理もワインも安くておいしいが、わたしは小説やエッセイを書くときに、やはり遠い日本のことを考えてしまう。日本の現状を憂《うれ》えているわけではない。憂鬱だなと思ったたって、思うだけでは何も始まらない。じゃあ、何とかできるかというと、小説家一人の力などたかが知れているし、何ができるわけでもない。

でも、最近は希望ということについて考えている。わたしが小さい頃は希望はすぐに手に入った。つまり希望というのは、人生において成功すること、そのための一歩を踏み出すこと、つまり社会的に認められるために勉強し、いい成績を残し、いい高校や大学に行き、いい会社に就職することだった。

今、希望はどこにあるのだろうか？　この二、三年来ずっと考えてきたのだが、希望は今の日本のどこにもないような気がする。まったく希望がないということを、たとえば総理大臣のような偉い誰かがはっきり言ったほうがいいような気がする。希望がきっとどこかにあるはずだという誤解があるから、人々はたとえばオウム真理教などに簡単にだまされるのだ。

それでは、希望がなくても人間は生きていけるものだろうか。生きていけない、とわたしは思う。現実の苦難に耐え、生き延びていこうとするモチベーションを生むのは、未来への希望しかない。

今、日本のどこを探しても希望はなく、人間は希望がないと生きていけないのだったら、いったいどうすればいいのか。

探さなくてはいけないと思う。自分にとっての希望は果たして何かということを考え、それを探すのだ。たとえば、食料。わたしたちは食料がなくては生きていけないが、沖縄諸島などの無人島でもない限り、日本では食料を探す必要はない。わたしたちはスーパーに食料を「探し」に行っているわけではない。選びに、そして購入しに行っているのだ。たとえば地震や洪水で自分の町が全滅して、自衛隊などの援助も期待できなくて、まったく食料がないとわかったとき、このままでは飢え死にしてしまうと実感した場合、そういう事態になって初めてわたしたちは食料を探しに出かけるのではないだろうか。

希望も同じだ。だが、食料は自分で探すのではなく、スーパーに売ってあるものだという既成概念に捉われたままの人は、緊急時には飢え死にしてしまうことだろう。希望は自分で探すものではなく、誰かから与えられるものだと思っている人は、まったく希望がない状況でも探そうとはしないだろう。

希望は、珍しい果物や魚のようなものではないと思う。遠くまで行けば自然と木に生《な》っているようなものではないし、辛抱強く糸を垂《た》らして運さえ良ければ釣れるというようなものでもない。じゃあどういうものですか、と聞かれてもわたしは一般的に答えることなどできない。わたしの希望とあなたの希望は違うからだ。

新しく生きなければ恋愛はできない

恋愛は希望になりうる。すばらしい恋愛は生きる希望を与えてくれる。そして、恋愛がなくても生きられる人にしか恋愛はできない。

じゃあ、どうすればいいんですか？　というヒステリックな質問が聞こえてきそうだ。わたしには、わからない。それはあなたが考えるべきことだ。自分以外の、集団や学校や会社や国家に希望を託す幸福な時代は終わったのだ。

だが、勘違いしないで欲しいのは、まったく希望がなくなってしまった今の日本は、昔と比べて悪くなったわけではないということだ。昔、日本には「お金持ちになるんだ」という全体的な希望だけがあった。似たような種類の希望をいまだに持っている国はたくさんある。東アジアや東南アジアがそうだった。それで外国から短期の多額の借金をして、強引にお金持ちの国になろうとして、失敗した。日本のようなめざましい成功を収めた国は他にはない。そのことに対してわたしたちはもっと胸を張っていいのではないかと思う。簡単なことではなかったのだ。大きな目標が達成されたあとでは、大きな喪失感があるのは当然だ。

希望が現実のものになれば、その希望が消えるのは当たり前だ。だから、昔を懐かしむのではなく、新しい希望を探せばいいのだが、まったく希望はありません、というアナウンスがないので、シリアスに希望を探そうという気になかなかなれない。何とかなるのではないかといまだにみんなが漠然と思っている間に事態はどんどん悪くなっている。これからどうなるのだろう。

事態が良くなるような材料も兆候もない。テレビなどを見ると、とにかく景気が良くならないと困ります、などと言う中小企業のおじさんみたいなのがよく街で拾った声として出てくる。そういうおじさんは、かなり長く生きてきて、今さら生き方を変えることができないから、どうしても政治や経済という大きなシステムに頼ることになる。そういうおじさんは、過去の価値観でずっと生きてきたので、仕方がない。新しい生き方を始めようにも歳をとりすぎている。

若いということは新しい生き方ができるということだ。大きなシステムに頼らずに生きる技術を学ぶ時間があるということで、その特権を活《い》かしていない人は、年寄りたちと同じように生きなくてはならない。年寄りみたいな人間に、恋愛なんかできるわけがない。

社会性のない男を見分ける方法

大学生の不登校も増えているらしい。怠惰なせいで大学に行かないのではなく、現実が恐いから、というのがその主な理由で、その特集をしていたテレビでは、本人が四十歳になるまではわたしが面倒を見ようと思うんです、と言う母親が登場していた。

最近は家庭内暴力が減少傾向にあり、引きこもりが増えているそうだ。家庭内暴力も病んだ現象だが、感情の表現の間違ったかたちである。だが引きこもりは、コミュニケーションの拒否だ。もちろん、引きこもりをしている人は全体のほんの一部かも知れない。だが無視できる数字ではない。ある統計によると現在十万人を超える若い人が引きこもりをしているそうだ。

引きこもりには興味がある。引きこもりをモチーフにした長編小説も書いている。だが、興味がある、という言い方は、誤解されやすい。興味があると言うと、たとえば引きこもりだったら自分にもそういうメンタリティが潜んでいるのではないかとか、現在の日本を象徴する現象として捉えているのではないかとか、いずれ克服される病理として捉えているのではないかとか、そういう風にとられてしまう。

もちろん、引きこもりはまともな行為ではないし、行為とも言えないかも知れない。繰り返しになるが、引きこもりは明らかに病理である。だが、それは、何万人に一人の割合で発生する特殊な遺伝病のようなものとは違う。現在引きこもりをしている十万人の人々には、きっとわかりすい特徴などないだろう。ある環境さえ整えば誰にでも起こりうるものなのかも知れない。

わたしは、その「ある環境」というものにも興味がある。どうやって人は引きこもるようになるのか。その原因は複雑で、少ないファクターで語るのは危険だ。現在指摘されているのは、母親との関係だが、それも単純ではない。

可能性として考えられるのは、母親と子どもには完結した関係が生まれやすいということである。乳児は母親との一体感の中で育っていく。幼児期に母親との分離を体験する。母親は自分とは違う存在だということを学ぶ。それでも母親と自分との関係は完結している。幼児にとって母親はほとんど「世界」全体だ。喜びも悲しみも母親と共にある。普通だったら、そのあと成長するにつれて、子どもに社会性が侵入してくる。昔、社会性を代表していたのは父親だった。完結した関係性の中にあって社会性は異物であり、敵であることも多い。

「そんなことでは世の中に出て通用せんぞ」

と父親が怒鳴ると、子どもは恐がり、母親は父親に表立って反抗することなく、子どもを慰めた。

「お父様はね、本当はあなたのことを思ってああいうことをおっしゃるのよ」

戦後、父親は兵士から企業戦士になった。父親は社会性ではなく、企業や官庁を代表するようになった。父親は消えてしまった。父権がなくなったのではなく、社会性を代表する父親が家庭から消えたのだ。

現実を受け入れられない男たち

ここで確認しておくが、社会性というのは好き勝手にぽいぽいゴミを捨てないなどという公共心だけではない。現実及び世界の認識という大げさな面も含んでいる。矛盾とか複雑さとか困難さとかそういうことだ。今ではそういう社会性の獲得も母親が子どもに伝えることになってしまっている。

「いい学校に行かないと立派な大人になれないんですよ」

子どもは、母親との完結した関係性の中で育っていき、この世の中は複雑で、矛盾に充ちていて、なかなか思い通りにはいかなくて、ときには忍耐も必要であり、わからないことだらけだが、それでも魅惑的なのだ、ということを知らずに大きくなり、学校へ行くようになる。

そういった子どもは学校ですぐに挫折する。学校は社会の縮図みたいな場所だから、複雑で、矛盾に充ちて、わからないことが多く、耐えなければならないこともある。そういった社会性の経験がない子どもにとって、学校はただの地獄だ。

小学校では信じられないことが起こっているらしい。授業中に大声を上げ、注意しても聞かない子どもや授業中にうろうろ歩き回る子どもなど、手に負えないそうだ。何か注意しても、まったくコミュニケーションがとれない。

そういった現象が起こると、必ず母親や父親や家庭や学校の責任になる。文部省が悪いと言う人もいるし、社会が悪いと言う人もいる。世界・社会との接触がないために起こることなのだが、世界や社会は複雑なので、原因をたとえば母親とかにすべて押しつけるのは間違っている。

社会性を持たない子どもがさらに大きくなると、学校を拒否するようになる場合がある。もちろん、登校拒否や不登校のすべてを社会性の欠如で片づけるのも無理がある。深刻ないじめを受けている場合などは学校に行くべきではない。

不登校や引きこもりとは無縁で大人になった人間にも、社会性の欠如は見られる。大人になるということは、経済活動を自分で行えることが必要条件で、社会性を持っているということが十分条件だと思う。

たとえばストーカー。ストーカーは、彼女がもう自分を好きではないという現実を受け入れることができない。あるいは、相手は有名人で自分のことなんか相手にしていない、という現実も理解できない。ストーカーが育ってきた過程では、不可能なことはきっとなかったのだ。

社会性のない人間は「わからないこと」がこの世の中にあるということがわからない。何でも理解可能だと思っている。その点に関してはメディアの責任も大きい。ニュースを伝えるときでも、わからないことはありません、ということが基本になっている。和歌山のカレー事件でも、長銀の問題でも、ここが不明で、ここは確かにわかっている、というような区分けがない。それは実はものすごく手間のかかる作業で、そんな余裕と知性は日本のメディアにはまだない。

第三者がいるときの彼の態度は

彼女ができても、次々に新しい女をつくる男も増えているらしい。次々に新しい女が欲しくなるのは男の本性かも知れないが、好きな彼女を傷つけたくないと思って、普通は我慢する。あるいは絶対にばれないようにやる。でも、社会性のない男には、自分が好きな彼女を傷つけてしまっているという実感がない。

「なんで怒るんだ？　本当に愛しているのはお前だけだって、わかってるはずじゃないか。あいつのことは遊びだよ。それにあいつはかわいそうな女なんだ。おれがいないとダメになってしまうんだ。この間も放っておいたら自殺しようとしたんだぜ。だからおれはしょうがなくて会っているわけだけど、会うのを止めるわけにはいかないんだよ」

こういう男、多くないですか？

自分が好きになってしまった男が、社会性のある普通の男か、社会性のないストーカーやマザコンか、見分ける方法はないのだろうか。社会性のない男は今あまりにも多いし、最初の頃はそういう男だと見抜けないことが多い。

一つ有効な方法があります。第三者を交えて会ってみること。それも十数人の宴会になってしまってはだめっすよ。

あなたの大事な友人と三人で会ってみる。または相手の男の友達と三人で会ってみる。そのとき、その男が、二人きりで会っているときと態度が変わらなかったら、合格です。ただ、中には、社会性はあっても、極端にシャイな人もいるから、このテストも完全ではありませんが。

頭のいい男が真剣に考えていること

女にとって歴史は苦手な分野なのではないだろうか。ものごとをジェンダーでくってはいけないが、なんだか歴史は苦手そうな感じがする。歴史は学校で習うもの、と何となくそういうことになっているが、それは歴史と現代を切り離して考える悪癖がそうさせているのかも知れない。

わたしも歴史と現代を今まで何となく切り離して考えてきた。中学か高校か忘れたが、世界史も日本史も、科目として現代社会と分かれていたような気がする。歴史というより、単に過去に起こったことを憶えるという感じだった。歴史が現代につながっていると言われても確かにわかりにくい。大化改新や関ケ原の戦いと今の不況がどう関わっているのかといっても、まったくぴんとこない。

このところずっとダメな男のことばかり書いているような気がする。前々回は希望がどこにもないということを書いたし、前回は引きこもりの男のことを書いた。男が生きるモチベーションを失うと恋愛は成立しにくい。ぼんやりとテレビや週刊誌を見ても、恋愛どころではないような感じがする。

確かに不況でも活気のある企業はあるし、元気に働いている男もいるようだ。毎日どこかで誰かと誰かが出会って、セックスをして、結婚式をして、確実にカップルが誕生している。だが、何かが変わりつつあると実感している人も多いのではないだろうか。今までは考えられなかったような大企業や老舗《しにせ》の商社や銀行や証券会社が倒産しているし、失業率は戦後最高になった。中高年の男はすっかり自信を失い、若い男も、元気がいいのはバカだけ、という感じになってしまった。将来どうなるのかまったく先が見えない、今のようなときに、何の根拠もなく元気でいられるのはバカだけだ。頭がいい男はどうすればいいのか真剣に考えている。

最初に歴史のことを書いたのは、こういうことは前にはなかったのだろうかとわたしが考えているからだ。昔似たような社会状況がなかったのだろうか。

昭和の初期に「恐慌《きょうこう》」という恐ろしい事態が起こっている。銀行が潰れ、預金を取り返そうと大勢の人が銀行の前に列を作り、企業の倒産が相次いで、農産物の価格が暴落し、農家の娘が身売りされた。どうして恐慌のような恐ろしい事態が起こるのか、市場のメカニズムはよくわかっていない。もちろんさまざまな学者がさまざまなことを書いているが、時代が変わると新しい要因が加わるので、恐慌の原因を簡単に考えることはできない。

うんと昔は、夏の日照りと干《かん》ばつで不作の年に、大飢饉《だいきき》が起こった。食料がなくなるのだからわかりやすい。昭和初期や現代の日本はそれとは少し違う。不作で大飢饉が起こっているわけではない。石油がなくて工場の操業がストップしているわけでもない。要するに、目に見える何らかの物資が不足しているわけではない。むしろ逆で、余っているのだ。

企業の工場には生産設備が余っているし、倉庫には売れない在庫が積まれているし、従業員も余っている。それではお金がないのかというと、ないわけではない。日本は世界一の金持ちだ。日本人の総貯蓄額は一二〇〇兆円と言われている。アメリカはものすごくたくさんの借金を抱えているが、そのほとんどは日本が貸したものだ。アメリカは、日本から借りた金でさまざまなハイテク商品を作り出し、いろいろなものに投資して、金を生み出しているわけだ。何か物資が不足しているわけではなく、金がないわけではない。ではどうしてこのような大不況になってしまったのだろう。

なぜお金は消えたのか

大不況や恐慌の前には、必ず景気のいい時期がある。景気がいいというのは、お金が世の中をどんどん回るということだ。物価が上がり、給与も上がり、生産量も上がる。だから新しい工場を建てたり、新しい生産設備を導入することになり、それでさらに生産と消費が増える。一九二〇年代のアメリカでは、空前の新築ラッシュと自動車ブームがあり、耐久消費材が暴騰した。大量の余剰資金が生まれて、それが株式に投資された。株価は異様に上昇し、そしてある日限界に達し暴落した。バブル崩壊が起こったわけだ。

現在の日本の不況は、銀行の土地投機に端を発している。八〇年代、日本の経済成長はピークに達していた。おいしい生活、の時代だ。日本式生産システムは他の国を圧倒し、ジャパン・アズ・ナンバーワン、と言われたのは記憶に新しい。ものすごい額のお金が銀行に集まっていた。銀行はお金を貸したがった。金庫にはお金がうなっていたのだ。担保となる土地があれば、銀行はいくらでもお金を貸した。競争するように、多額のお金を貸し続けた。当然、ものすごい勢いで土地の値段が上がっていった。

ものの値段というものは、不自然に上がり続けるものではない。需要と供給の危ういバランスが崩れたときに、不自然に上がっていた値段は、必ず下がる。九〇年に、大蔵省が土地関連融資を抑制した瞬間に、バブルは崩壊した。

もともと一〇〇坪五〇〇〇万の土地が、五億に値上がりしていたとして、それが二億に下がるとする。差額の三億はどこに消えたのか。幻のお金として現れ、また消えたわけではない。日本の勤労者が汗水垂らして働いて銀行に預けた金が、当の銀行によって土地に投資され、どぶに捨てられるように無くなったのだ。銀行はその五億の金を確かに貸し付けたのである。五億の金は現実に発生して、誰かが受け取り、何かに使ったのだ。

銀行は、返してくれ、と借りた人に迫る。借りた人はもうすでにお金を使ったあとだ。担保となっている土地の値段は二億に下がっていて返すことができない。この差額の三億が、有名な「不良債権」というやつになる。

浪費は実は難しい

何でこんなことを書いているかというと、誰も実感としてわかっていないのではないかと思うからだ。長銀の子会社の日本リースの負債総額が二兆円だと言われている。二兆円という数字が実感できるものだろうか。山一證券の簿外債務（会社の帳簿から漏れていた債務・借金）が二三〇〇億くらいだった。ちょうど映画『タイタニック』が十本製作できる額だ。また今年、ロールスロイス社がフォルクスワーゲンに買収されたが、その額が確か約九〇〇億だった。買収というのは、丸ごと買い取るということだ。工場から生産設備から技術者まで、あのロールスロイス社を買うのに、九〇〇億かかるわけです。山一證券の簿外債務だけで、二三〇〇億。

日本の銀行の多くが前述した不良債権を抱えていて、世界の金融市場にそのことがばれている。日本の銀行がお金を手に入れるには大きく分けて二つの方法がある。一つはわたしたちや企業が預ける預金で、もう一つは金融市場で借りるというものだ。不良債権があることがばれているから、市場で借金をするときに、日本の銀行だけ、余分な利子を課せられるようになっている。日本の銀行は日本企業の株をたくさん持っているから、それらの株価が下がるとものすごい損をする。株価は今年大幅に下がったから、実際に銀行は大変な損をした。

それやこれやで、日本の銀行は大部分が潰れそうになっていて、だからこれ以上金を貸そうとしない。金を借りられない一般の企業は不況になったり、倒産したりする。いつ失業するかわからないし、給料は下がるから、誰も大きな買い物をしなくなる。消費は落ちる。流通や小売業が不況になる。ものが売れなくなる。在庫が増える。卸売物価が下がる。企業の業績が落ちる。失業がさらに増える。将来の不安からさらに消費が落ちる。

というのがデフレスパイラルで、今の大不況の正体だ。

昭和初期の恐慌・大不況は太平洋戦争まで続いた。デフレや大不況や恐慌は非常にタチが悪い。戦争は悪だ、ということはわかっている。それでは戦争以外に、恐慌から抜け出すための他のどういう方法があったのか、歴史の教科書には書かれていない。でも、たぶんあったはずだ。探そうとしていないだけだと思う。

今回は経済のお勉強になってしまった。大不況の克服に案外有効ではないかと思われるのは、浪費です。クリスマスとか、彼と一緒にでたらめにお金を使ってみてはどうでしょうか。浪費は実は難しい、ということに気づくでしょう。

現代をポジティブに生きるには

連載中の小説の資料として、ユダヤの一財閥の歴史が描かれた本を読んでいる。『ウォーバーグ――ユダヤ財閥の興亡――』（ロン・チャーナウ著：日本経済新聞社）という本だが、ユダヤ財閥の興亡だけではなく、十九世紀から二十世紀初頭の、ドイツを中心としたヨーロッパとアメリカの社会史としても読むことができて非常に興味深い。

ロスチャイルド家に並ぶユダヤの名門であるウォーバーグ家の歴史が十六世紀から語られるわけだが、気づくのは、よく子どもや女性が死ぬことである。医療技術の未発達のせいもあるし、社会保障制度の不備のせいもあるが、当時は不治の病として恐れられていたペストや赤痢やコレラなどの感染症もあって、人々は死と隣り合わせに生きていたということがよくわかる。

十九世紀ほどではないが、わたしが小さい頃も簡単に人が死んでいた。たとえば、台風などで川が増水したようなとき、たいてい一人か二人の子どもが流されて死んだものだった。増水した川を見るのは当時の子どもの数少ない楽しみの一つだったのだ。夏休み中には海で必ず何人か死んだし、日本脳炎とか小児麻痺とかでも友人が死んだのを憶えている。そうやってクラスの仲間が死んだときは、教師がそのことをみんなに伝え、黙禱《もくとう》して、厳粛な気持ちになったが、子どもだからすぐに忘れて、また外で遊んでいた。

遠足で山に登ると、死体があったりした。今の若い人には信じられないかも知れないが、本当だ。わたしは小学校四年のときと中学二年のとき、遠足で死体を見た。まるで映画『スタンド・バイ・ミー』の世界だが、あれはたぶん自殺者の遺体だったのだろう。腐乱死体の匂いは今でも忘れることがない。

昔は死がすぐ身近にあったからこそ、生きていることの喜びも大きかった、みたいなことを言う年寄りもいるが、わたしは別にそうは思わない。遠足に行って自殺者の腐乱死体を発見したりするのは、いいことではないと思う。でも、匂いだけはいやになるほど憶えているのに、はっきりと見たはずの死体の記憶が曖昧なのはどうしてだろう？

果たして今はいい時代なのか？　という疑問は誰にでもあるだろう。昔だってそんなにいい時代ではなかった、とこの連載エッセイでも繰り返し書いてきた。

一昨年、タイで起こった通貨危機は東アジアと東南アジア全域に広がり、その地域の経済発展は中途で挫折することになった。あのとき、わたしは、日本という国は大したものなんだな、と思った。中途で挫折することなく経済を発展させ、世界有数のお金持ちになったわけで、そんな国が他にあるのだろうかと思ったのである。結論から言えば、そんな国は他にはない。

確かに、いろいろなところで経済成長の弊害は出ている。環境の汚染、人心・教育の荒廃、官民の腐敗、などだ。だが、その全部が手遅れというわけではないし、金持ちの民主国家になって良くなった部分もたくさんある。

たとえば戦前と比べると、全然今のほうがいい。戦前は、自分で生き方を選べなかった。男の場合だが、戦争が好きでもないのに、軍隊に入らなければならなかった。それだけでも、わたしは今のほうがいいと思う。

経済成長の前、日本がまだ貧乏だった頃は、海外旅行など、ほとんどの人が無縁だった。今は数百万の人が毎年海外に行っている。マナーが悪いとか、ツアー客がブランド店に群がるとか、評判はあまり良くないようだが、それでも行かないよりましだし、マナーなどは少しずつ改善していくことも可能だ。外貨がなくて海外に行けなければマナーもへったくれもない。

海外の大学などで勉強して貴重な経験と知識を身につける人も増えている。そういった経験や知識もついこの間までごく一部の人だけに限られていたのだ。

そういう、昔と比べて良くなった部分をどうしてはっきりとわたしたちは誇れないのだろうか。どうして金持ちになったことを恥じるのだろうかという疑問がわたしにはある。

急激な経済成長は、確かにさまざまなところでネガティブな結果を残すものだ。前述した環境破壊などがその例だし、荒廃してしまった教育現場などもその一例だろう。しかし、だからといって、高度経済成長すべてが間違っていたわけではない。

どの部分が良くて、どの部分に無理があったのか、無理をしてきた部分は今後どうすれば改善されるのか、そういったことを冷静に議論すればいいのに、ものが豊かになって心が貧しくなった、などとわけのわからないことを説く人があとを絶たない。昔の人がみんな心が豊かだったような錯覚に陥《おちい》ってはいけないし、今の、たとえば女子高生がみんなブランド品のためにからだを売るようなバカばかりだと決めつけるのも間違っている。

当たり前のことだが、昔も今もいい部分と悪い部分がある。それを冷静に分析する作業がこれから必要になると思うのだが、それをいったい誰がやるのだろうか？

昔は恋愛なんてできなかった

恋愛に関しても、今のほうがいい時代だ。だいたい昔は恋愛なんかほとんど存在しなかった。寒かったし、みんな食べるのに精一杯だったのだ。明日の米やミルクがないというときに、恋愛なんかできっこない。明治時代や昭和初期に綿や絹を織っていた女工は、労働基準法がなかったために、一日に十六時間も働かされていた。どうやって恋愛をすればいいのだろう。

昔は、女性は今よりも露骨に差別されていて、労働基準も平等ではなかった。教育も男中心だった。昔の大家族制度が子どもを育てるのに最適だったなどとでたらめを言う人も多い。大家族制度の中では、お嫁さんが犠牲になっていたのだ。

だがもちろん今がものすごくいい時代で何の問題もない、というわけでもない。問題は山積みだ。アトピー性皮膚炎も学級崩壊も援助交際も過食拒食などの摂食障害も現代人の孤独も寂しさも、昔の時代には確かになかった。

だが問題を抱えていない国なんか世界中のどこにもない。一つ一つ、忍耐強く、解決できるところから解決していけばいいのだ。中には、数十年、数百年かかることもあるかも知れない。でも、昔より今のほうがいい、と思って努力するほうが、昔は良かったと愚痴をこぼすだけよりもベターなのではないだろうか。

つまらない人の言うことは聞かない

昔は良かった、と言う人は、きっと全員年寄りだ。だって若い人は昔を知らない。昔は良かったと言われても若い人間は困る。今しか知らないからだ。それなのにどうして年寄りは昔は良かったと言いたがるのだろう。いや、年寄りの中にも、昔は良かったなどとバカなことは言わない人もいる。昔は良かったと言う人は、間違いなく、つまらない人生を送っている人です。間違っても、そういう人の言うことは聞かないようにしましょう。

実は今イタリアにいます。例によって、おいしいワインを飲み、おいしいパスタを食べているわけだけど、イタリアというか欧州全体は今何となく活気に充ちている。それは、EU加盟国で取引可能なユーロという新通貨が今年から発足するという緊張感によるものだとわたしは思う。新しいことがすべて良いわけではないが、中長期の展望があると、人間は希望を持つことができる。

日本の不況が終わらないのは、結局は消費者がお金を使わないからだ。中長期の展望が示されない限り、需要は絶対に伸びないだろう。それで今の政治家は逆立ちしても展望を示せないのだろう。昔は良かった、という価値観の奴隷の典型が、政治家です。

いつも「自分」でいるのは難しい

インターネットや伝言ダイアルを利用した犯罪が続いて、いったいどうなっているんだ、と騒がれた。もうすでに、忘れられてしまったようだが、あの、伝言ダイアルで女性を誘って、睡眠薬を飲ませ、金を奪って、外に放置し、二人を死なせた男は、一時かなり話題になった。なんか、あの男は読者のホットラインに登場しそうな感じでしたね。

あの男はそれほど悪い人間ではないと思う。女性をいたぶったり殺したりして快感を覚えるような人間ではないし、寒空に放置して殺してやろう、というような考えもなかったのではないだろうか。死ななかった一人の女性は、彼に家まで送ってもらっている。凍死した女性は、どうして送ってもらえなかったのだろうか。詳しい情報がないので、間違っているかも知れないが、死んだ女性は実家で親と一緒に住んでいたのではないだろうか。睡眠薬を飲ませて意識を奪った状態で、親のいる実家へ送って行くわけにはいかない。

青酸化合物などの毒物のやりとりがあり、それで人が死んだこともあって、一時期、インターネットのネガティブな側面が語られていた。伝言ダイアルにしても、売買春の連絡ツールになっているとか、そういう言われ方をしていた。匿名性《とくめいせい》も問題になっていた。

インターネットには自殺に関するサイトがあって、それも問題になっていた。だが、コミュニケーションのツールが増えるのは、止めようがない。それが必要とされ、したがって利潤も生むわけだから、そういうのが危険だと思う人は法律で規制するしかない。だが自殺に関しては、話し合えるような場所がなくなると間違いなく増える。

今回に限らず、たとえばいじめを受けた子どもが自殺したりすると、必ず「命の大切さを心の教育で伝えよう」みたいなことが言われる。宗教的概念のない国で、どういう風にして伝えるのだろうか。たぶん、「命は大切です」と、子どもに向かって言うのだろう。命、という言葉はただの記号だ。大切、という言葉も記号だ。概念を表す記号だ。大人は、命という概念を何となくわかっている、と思っている。でも、説明してみろ、と言われると恐らくほとんどの人はできない。命、生命を二〇〇字で定義しなさい、という問題に満点を取れる人は恐らくいない。

それではどうして平気で「命の大切さを教える」などと言えるのだろうか？

それは、命の概念を子どもも何となくわかっているだろう、という前提に立っているからだ。命は大切です、と百万回言ったって、命の大切さは子どもには伝わらない。それは、ｉｎｏｃｈｉｗａ ｔａｉｓｅｔｓｕｄｅｓｕという記号を呪文のように唱えているだけだからだ。

命が大切だという概念を子どもに教えようとするなら、まず命という概念についてじっくりと教えなくてはいけない。生命がいかに精巧なメカニズムを持ち、長い時間をかけて進化してきたかをわかりやすくていねいに教えなくてはいけないし、人間がさまざまなルールに則《のっと》って、社会的な営みを続けてきたことも教えなくてはいけない。

なんとか命という概念と、それがどうやら大切なものらしい、ということを子どもが理解できたと仮定しよう。それで終わりではない。

「じゃあ、そんな大切な命を、どうして戦争では平気で奪うの？」

「自殺がダメって言うんだったら、どうして神風特攻隊なんかあったの？」

「今も世界中のどこかで戦争や内乱があって、命が大切にされていないのはなぜ?」というような質問に答えなくてはいけない。つまり歴史認識が問われるわけだが、誰も満足には答えられない。

「自殺は悪」だと誰も言わない

去年、プロ野球のオリックス球団の編成部長が自殺した。そのことを伝えるときに、自殺は悪いことです、と言ったテレビキャスターは一人もいなかった。そういうようなときに、自殺は悪だ、というアナウンスがあると、だいぶ違う。誰かが自殺するたびに、自殺はこの世の中でもっとも悪いことです、というアナウンスをすべきなのに、誰もしない。

いっそのこと、死にたい人は遠慮なく死んでください、というアナウンスに切り替えたらどうだろうか。

「日本はひどい不況で、働く人も余っています。人口が多い割に、資源は少ないし、生きていく希望がなくて、自殺を考えている人は、実はご遠慮なく死んでもらったほうがいいんです。若い人に限らず、リストラされた中高年の失業者のみなさんも、老後が不安だと思っている高齢者のみなさんも、死にたいなあ、と思われたら、どうぞ、死んでください。今や日本は、年金や保険や税金関係で多大な難問を抱えています。人が減ったほうがいいんです。とりあえずこの国には、ビジョンも、希望もまったくありませんので、国や地方自治体や企業や学校に期待されても困ります。何の技術も能力もなくて、『生きていくのは辛いなあ』と思っている人は死んでもらってかまいません」

こういう風に真実を告げられると、人間は死にたくないと思うのではないだろうか。

伝言ダイアルの匿名性は、実は大事な問題を含んでる。これまでの高度経済成長でおいしい生活をしてきた老人たちには死んでもわからないことだが、「自分」を生きるのは難しい。自分が自分であることを確かめながら生きるのは、簡単なことではない。

今までは楽だった。男だったら大企業か官庁に、女だったら大企業か官庁にいる男に、それぞれ庇護《ひご》を受ければよかったのだ。のどかな時代だったわけですね。今は、自分で自分の生き方を決める時代になりつつあって、基本的にはいい時代だが、面倒なことが増えたし、勉強や努力をしてこなかった人は、すぐに自分の限界もわかってしまうようになってしまった。だいたい自分はこの程度だなと、ヘタをすると小学生くらいで決められてしまう。二十歳を過ぎて、就職したりしてしまうと、だいたい自分の一生が見えてしまう。

伝言ダイアルがなくならない理由

自分の人生はなんてつまらないんだろう、と後悔したり反省しても遅い。だから、本当の自分探し、なんてバカなことが流行ったりする。海外に移住するとか、猛勉強でもしない限り、新しい自分に出会うなんてことができるわけがない。

ものすごく大勢の人が、自分にうんざりして生きている。そのことを自分で認めてしまうのは辛いから、何となくごまかして生きているが、それでも先の見えてしまった人生を生きるのは重荷だ。

そこで人間は自分という衣装を脱ぎたいと思う。他の、誰でもない人間になるのだ。名前のない、顔のない、所属会社のない、家族のない、過去のない人間になって、誰かと話をしてみたいと思う。友人や同僚や家族は、自分の過去や現状を知っている。だから、彼らと話しても、結局は自分が見えてくるだけだ。

「だいたいあんたにそんなことできるわけがないじゃないの」

「そんなのあんたには似合わないよ」

「あんた少しおかしいんじゃないの？　何かあったの？」

だが、人間には、できそうにもないことをやってみたくなったり、似合わないのを知っていてもあえて挑戦してみたくなったり、おかしくなったり、何かいつもと違うことが起こったりするものだ。

そして、そういうときに限って、誰かに話を聞いて欲しくなる。話を聞いてくれそうな人は誰もいない。誰でもない人間になって、テレクラや伝言ダイアルに電話する。匿名でインターネットに投稿し、メールを出し、チャットで話す。相手は、自分の現状も過去も本当の名前も顔も知らない。相手の男は、本当はただセックスをしたいというそれだけの目的であっても、とりあえずは話を聞いてくれる。

「あんたならできるよ。勇気を持って」

「誰だって寂しいんだと思うよ。おれだってそうだし」

「人間関係に悩んでいるのはあんただけではないと思うけどなあ」

そういうことを言ってくれる。伝言ダイアルはなくならない。法で規制しても、似たようなツールがきっと作られる。必要とされているからだ。そして、伝言ダイアルが象徴するものより悪いことは、他にたくさんある。

経済を知ることと恋愛の関係

ずっと暗い話題ばかりだが、明るい話題がない。だが無理して明るい話題を探したりすると、さらに暗くなってしまう。自分で何とかするしかない。世間が不況だろうが、倒産の嵐だろうがどうってことないではないか。と思っても、この日本で一人で生きているわけではないし、山奥で炭を焼いたり陶芸をしたりして一人で暮らしているわけでもないので、一人だけで事態を切り開くというのも無理がある。

だが、わたしは比較的明るい。あまり世間の動きに左右されないというわけではない。世間のことは気になるし、援助交際とか幼児虐待とかウィルスと免疫とか殺人願望とか、現実にコミットするような作品を書くことも多い。

今、日本はひどい不況だ。今年の末から景気が上向いてくると言う人もいるが、本当のところは誰もわからないし、景気がよくなるといったって、昔みたいな好景気が戻ってくることはもうないのだ。

日本が史上最大の好景気に沸いていた一九八〇年代がわたしは嫌いだ。あの頃は、ジャパン・アズ・ナンバーワン、などと言われていた。おいしい生活、というキャッチコピーに代表される時代です。こんな時代が長く続いてはかなわない、と思っていた。好景気が続くと、誰もシステムを変えようなどとは思わないからだ。

システムが少しずつ変わっていかない限り日本の本当の回復はない。それでは変わっているかというと、ほとんど変わっていないように見える。システムと簡単に言っているが、それではシステムとは何かというとこれはかなり難しい。システムというのはたいていの場合、法制度をさす。法律を変えていかないといけないのだ。では、どの法律を変えていけばいいかというと、これが複雑すぎてわからない。

法律は、ビッグバン関連の規制緩和を中心に少しずつ変わっているようだ。だが、その法制度の改正がどのようなモデルを目指して行われているのかはまるでわからない。

恋愛についてのエッセイなのに、どうして経済や景気についての話が多いのだろうと思っている読者も多いだろう。

経済は人間の精神にものすごい影響を与えるのです。あなたの彼氏や夫が失業したとする。これまでのような付き合い方はできない。デートの費用がなくなるというだけではなくて、日本的なシステムの中で生きてきた男は、失業するとプライドまで失う。だからリストラに遭った中高年の鬱病や自殺が増えているのだ。プライドのない男は恋愛ができない。そういう男はただ女に甘えるだけで、お互いの精神的な充実など絶対に望めないのだ。

システムを変えられる人は誰か

わたしは一九八〇年代より今のほうが好きだ。わたしが大嫌いだった日本的システムというものが危機に瀕《ひん》しているからだ。日本的システムは個人を抑圧する、というより個人という概念が最初から失われている。みんなどこかの集団に属さなくてはいけない。自分の技術や才能より、どの集団に属しているかで周囲の評価が決まってしまう。

もう何度もこのエッセイで書いてきたことだが、そういうシステムが危機を迎えているのだ。非常にめでたいが、もちろん、大嫌いな日本的システムが今すぐに崩壊してしまうなどと楽観的なことは考えていない。

これまでさんざんおいしい思いをしてきた老人たちは自分たちの既得権益を簡単には手放さないだろう。巷《ちまた》には、老人たちの「簡単には手放さないぞ」という声が溢《あふ》れている。老人だけが元気なように見えるのはそのためだ。

だが、音を立てて崩れているわけではないが、システムは明らかに機能しなくなっている。これまではシステムが肩代わりしてくれてきたことを、個人がやらなければいけなくなっている。

これまではプライドまでもシステムが準備してくれた。東大生というだけで、昔はその親まで威張ることができたのである。

話題を変えよう。システムと個人の話は繰り返ししてきたし、大事なことではあるのだが、わかりにくい。個人という概念そのものがないので、これからは個人の時代だと言ったって、わかる人はすぐにわかるが、わからない人は百万年経《た》ってもわからない。

最近、どうして老人だけが元気がいいのだろうか。勘違いしないで欲しいが、わたしは老人を大切にするなと言っているわけではない。わたしは電車で老人が立っていれば席を譲るし、ホテルなどで重いものを持ったおばあさんがいれば荷物を持ってやったりする。

わたしが言いたいのは、老人を排撃せよ、ということではない。老人をことさら持ち上げるのはよくないということなのだ。老人は、「歳をとったらもうおしまいじゃよ」という真実を若い人に向かってきちんと伝えるべきだ。歳をとってもいいことがたくさんある、などと言うと、じゃあ歳をとってから好きなことをやるかな、などと若い人たちは勘違いする。歳をとったあとも楽しいことはたくさんあるみたいだから今は苦しくても我慢するか、などと誤った認識を持ってしまう。

「年寄りになったら、もう終わりなのだ」

嘘でもいいからそう言って欲しい。わたしも四十七歳になってしまったが、体力は落ちるし、歯は弱るし、目はかすむし、腹は出るし、いいことはほとんどない。できることも限られてくる。今からフランス語とロシア語と中国語を勉強しようと思っても、決定的に遅い。知恵が多少つくが、長く生きているんだから当たり前だ。

今、老人が元気なのが目立つのは、彼らがそう長くは生きられないために、システムも自分も別に変わる必要はないと思っているからだ。変わらなくてはいけないと決意して、実際にシステムや自分を見つめるという作業は辛い。要するに老人はハードな努力をする必要がないのだ。また老人はこれまで貯め込んだ資産を持っている。年金もあるし、保険もある。

若いときにしかできないこと

勘違いしないで欲しいが、わたしは老人を攻撃しているわけではない。貯め込んだ資産はこれまでその老人が稼いだものだから、資産を持っていることを非難しているわけではない。老人たちの社会的な発言を封じたいわけでもない。前述のように老人は長く生きている分だけ知恵があるので、彼らの客観的な意見は貴重だと思う。彼らが作り出す作品も貴重だ。巨匠と呼ばれるアーティストはたいてい老人だが、創造力が衰えることなく、すばらしい作品を次々に生み出す老人もたくさんいる。

ただ、

「歳をとることはすばらしいんじゃ」

みたいなことを、言わないで欲しい。非常に悪い影響を与えるからだ。歳をとることがすばらしいのだったら、黙ってそのすばらしさを味わっていればいいではないか。

「歳をとらなければ人生のすばらしさはわからんのじゃよ」

みたいなことを言うのも止めて欲しい。それは嘘だ。若い人にも人生のすばらしさはわかる。

「若さは宝なんだから、今のうちにしっかり勉強や恋愛を充実させるんじゃぞ」

などと言うのも止めたほうがいい。よほどのバカでもない限り、そんなことはわかっている。若い人間や子どもはこれから長く生きていかなくてはいけないので、いろいろと考えたり悩んだりしているわけで、老人から言われなくてもわかっている、はずだ。

「老人にできることは限られているんじゃや。語学の学習、コンピュータなど新しい技術の習得、激しいスポーツ、激しいセックス、そういったことができにくくなるんじゃや」

そういった真実を伝えて欲しい。

勘違いしないで欲しいが、わたしは、たとえばジョン・グレンに宇宙に行くな、と言いたいわけではない。老人が宇宙に行くのはけっこうなことだ。だが、当たり前のことだが、老人にならなければ宇宙へ行けないわけではない。

もっともっと歳をとったら、わたしはコツコツと作品を作りながら、「歳をとったらもうオシマイだ」と呟《つぶや》きつつ、若い人には得られない充実と快楽をこっそりと追求し、ひっそりと楽しみたい。どんな充実と快楽か？　それはもちろん秘密だ。

彼の社会的評価をどう受けとめるか

久しぶりにアメリカの西海岸に来た。仕事が意外に早く終わったので、二、三日ホテルのプールでのんびりした。ホテルのプールで一人で日光浴をしながら本を読んでいると、いろいろなことを思い出す。いろいろな国のいろいろなホテルのプールで泳いだな、ということや、そのとき一緒だった人のことなどです。

一人でホテルのプールで本を読み日光浴をするのは、思ったより簡単ではなかった。最初は二十二年前のリオ・デ・ジャネイロだった。寂しかったし、落ち着かなくて、全然楽しくなかった。映画などでは、南国のホテルのプールサイドは「最高に充実したリラックス」の象徴として描かれることが多いが、一人で実行する場合はそれほど単純ではない。

不慣れな場合にはリラックスできない。それにもちろん一人きりなので寂しい。そのときにシリアスな不安要因があると日光浴どころではない。もちろんからだの調子が悪くてもダメですね。

一人で食事に行くのも難しい。F1とかテニスとかで外国に通っていた頃はたいてい一人旅だった。一人のほうが、印象に残る旅ができるだろうと思ったからだが、食事一つとっても簡単ではなかった。

ホテルに着くと、シャワーを浴びて着替える。アフリカや中南米や東南アジアのダウンタウンのレストランに行くときは、強盗に遭わないようにシャツとジーンズにする。高いレストランに行くときは、入場を断られないようにスーツを着てネクタイをする。なるべく高いスーツのほうがいい。

そういうときに、スーツがなんのために必要なのかがわかる。スーツはその人間の身分を保証するものなのだ。スノッブなレストランのウェイターは外見で客を判断する。外見で人間を判断してはいけません、というのは閉鎖的で安定した社会だけで通用する価値基準だ。雑多な人種や宗教や言語が混在する場所では、外見は人間を判断する唯一の基準となるわけです。

日本では、スーツは別の目的で使われている。サラリーマンはサラリーマンスーツを着るし、政治家は政治家らしいスーツを、やくざはやくざらしいスーツを着ている。身分を示すのではなく、所属している小社会・共同体を示すものなのだ。

だから、アルマーニとかチェルッティのスーツを着て、バカ高いレストランでバカ高いワインを飲んでバカ高いキューバンシガーを吸っている男は、「怪しい人」ということになってしまう。今まではそういう種類の人間が日本社会に存在しなかったからだ。

これからは違う。外資系の金融ブローカーやディーラーで二十代、三十代で年収二億という人種が実際に現れ始めている。

「能力給」の社会はすぐそこだ

これから金融再編成や企業のリストラを通じて日本もアメリカやイギリスのようなアングロサクソン型の競争社会になるのかというのは、大きな問題だ。実際日本でも、「能力給」を採用し始めた企業が増えている。よく働き業績を挙げた社員は高いサラリーをもらえるというわけだ。

ところが、たとえば会社が合併して新しい会社の給与システムを作るときに、能力給ではなくこれまで通りの一律のサラリーにして欲しいという要望が多いのだそうだ。日本人はなかなか変わることができないのだろうか。

この問題は働く男に特有のものではない。働いている女にとってはもちろん、働いていない女にとっても大問題だ。自分の彼氏や夫が、会社で低く評価されているとき、どうやってあなたは彼氏や夫を評価し、尊敬しようとするのだろうか。また、ほとんど名前を知られていない非常に小さなインディペンデントのファンドマネージャーで年収が二億の男と、東京三菱銀行で「低能力」の低いサラリーをもらっていて出世の見込みもなくいつリストラされるかわからないという男と、どちらを結婚相手に選ぶのだろうか。

「能力給」の競争社会はすぐそこに迫っていて、避けようがない。まず日本全体のことを考えてみる。資源は限られている。日本だけにしか作れないものが昔に比べると減った。電気製品や乗用車や半導体などは、輸出で近代化を図ろうとするアジア各国から真似をされて（もともと日本も真似から出発したわけだが）、寡占《かせん》状態ではない。
だから、これから経済成長を続けるためには、優良な企業・企業部門に資源・資本を集中的に投入しなければならない。企業でも同じことで、企業が持っている資本は限られている。これまでのように、湯水のような公共事業、持ち株や土地の含み益は期待できない。利益を挙げることのできる優良な部門に集中して資本を投入しなければ生き残っていけない。広い意味では、人的資源も資本に含まれる。収益がなかなか挙がらない部門や部署は閉鎖に追い込まれ、仕事ができない社員は簡単にリストラの対象になる。

国の予算にしても同じことだ。収益の挙がらない、つまりほとんど利用されないような道路や橋や飛行場は造れなくなる。そういう世の中がいいのか悪いのか、わたしにもわからない。だが、世界と競争し、これまでのような経済の発展を望むならば他に選択肢はない。

よく言われている「市場」や「グローバリゼーション」といったものは、それを嫌悪したり賛美したりするものではない。なぜならそれは現実だからだ。現実はとりあえず受け入れなくてはならない。現実を拒否する人は、狭い家の中に引きこもるしか残された道はない。

みなさんは恋愛に関してわたしが繰り返し書いてきたことを憶えているだろうか。それは、恋愛しか生き甲斐のない人には恋愛はできない、ということだった。恋愛に依存する人は恋愛できないのだ。

恋愛していなくても充実して生きることができる人だけが、充実した恋愛の可能性を持っている。

同じようなことがこれからのビジネスの世界にも言えると思う。市場は生き物で、収益を前提に動いている。市場の本質は人間の欲望だが、人間の欲望は金銭だけではない。むしろ、金銭は欲望の充足の「手段」にすぎない。つまり、金銭に依存する人は、市場社会を生き延びていけない。同じように、金銭的な報酬しか用意できない社会は、実は能力給を採用することができない。

小説の世界では、単行本、文庫本は売れればそれだけの印税が入ってくる。フェアだと思う。どれだけ売れても同じ額の金銭しかもらえないということになれば、つまりソビエト型の統制経済になれば、作家のモチベーションは大きく失われるだろう。

しかし、日本でも雑誌などの原稿料はほとんど社会主義的だ。どうしてもその人の原稿が欲しいという作家と、そうではない作家と原稿料が同じというのは本当はおかしい。いずれ作家の原稿料も能力給になると思う。

だが、そこで「売れない小説には価値がないのか」という疑問が残る。売れない、つまり市場には歓迎されない作家や作品だ。もちろん売れないからといってそれがすべて無価値だというわけではない。

市場で圧倒的に売れるというわけではなくても、「一部に根強いファンを持つ」作家もいる。年輩の読者を持つ作家もいるし、(気持ち悪いが)アニメファンやゲーマーだけに人気があるという作家もいる。相撲ファンだけが読むという作家もいるだろうし(いないかも知れない)、盆栽好きにはたまらないという作家だっているかも知れない(いないような気がする)。

本当の優しさと信頼が問われるとき

わたしは、能力給・競争社会におけるセイフティネットとはそういうものではないかと思う(作家を例にあげたのは間違いだったかも知れない。多様な価値観と単なる細分化された趣味とは違うからだ)。つまり、金銭や効率、能率、といったものだけでは計れない価値をどれだけ大切にできるかということだ。

その価値を大切なものにしていくのは政府や市場ではない。わたしたち一人一人だ。あなたの彼氏や夫が、会社では「能なし」だと判断されているとする。あなたは彼氏や夫のどこを尊敬しようとするだろうか。あなたはそういうとき、その彼氏や夫があなたに示す優しさや信頼を発見し、愛《いと》おしく思うだろう。

二人の間の、最小の共同体における優しさや信頼、それも重要なセイフティネットになるだろう。

最小の共同体における優しさではなく、「一律社会」に依存してきた人々は、つまりその人の個人としての人間性ではなく、東京三菱銀行や大蔵省のような肩書きとブランドに依存してきた人々は、「能力給」に代表される制度によって信頼をすべて失うだろう。それはしょうがないことだし、喜ぶべき進歩でもある。

「女は弱いから」がもっと女を不幸にする

女性スキャンダルが相次いでいる。検察庁の役人が辞任したり、ニュースキャスターがテレビを降りたりした。クリントンが弾劾《だんがい》寸前までいっても大統領を辞めないのとは大違いだ。これまでの日本の女性スキャンダルの特徴は訴え出た女性が匿名であるということだ。名乗り出る、という言葉があるように、名前を名乗ることには大きな意味がある。それは、自分の全存在をかけて相手と対峙《たいじ》するという覚悟の表れだからだ。

匿名による訴えにどの程度の信憑性《しんぴょうせい》があるのかわたしにはよくわからない。もちろん匿名でなければできない訴えというものがあるのは理解できる。名乗れば生命の危険があるというような場合もある。全体主義軍事国家に住む抵抗者が海外のマスコミの取材に対し国家的な暴虐《ぼうぎゃく》を訴えるような場合、彼が名前を明らかにすれば死につながる、というような場合がある。また夫から虐待を受けていてそのことを救済グループに訴える場合とか、レイプの被害者などが訴訟を起こす場合などでも、マスコミは被害者の女性の匿名性を尊重する必要がある。

基本的に男女のスキャンダルには興味がないのだが、関係があったことをマスコミにたれ込む人間がよくわからない。

「だまされて、捨てられたからくやしい」

「当然もらうべき慰謝料をもらっていない」

「相手が憎いから復讐したい」

だいたいそんな理由なのだろうか。しかし、どんな理由があっても「そんな男に引っかかったあんたが悪い」と言われたら返す言葉がないはずだ。

男女の仲はいつもうまくいくとは限らないし、またずっとうまくいくとも限らない。不倫とか、そういうリスクの大きい関係だったらなおさらだ。リスクというのは、他人間を巻き込むことになるトラブル、あるいは金銭的なトラブルが発生する可能性が高いということだ。

女は弱いから男を訴えるときに匿名でもいい、という意見は間違っている。男女間の差別はできるだけなくすべきだし、施行された男女の雇用機会均等法などはもっと早い時期に成立するべきだった。法律や制度の面で、男女の不平等をなくしていくのは大事なことだ。だが、それは「女が弱いから」ではない。男と女が「フェア・対等」であるべきだからなのだ。

女は弱いから保護されるべきで、したがってスキャンダルの発信者は匿名でもいいのだ、ということになれば、保護されるべき弱い女は特別だということになり、男が何とかしてあげなければ何もできない存在だ、ということになって、女性の解放は遅れる。

男と女がセックスを含んだ関係性を持った場合、どちらかがどちらかに従属するわけではない。

女が男のあとを黙ってついていくという構図は古いが、意外にそういった価値観が復活しているのだと聞いたことがある。主にある種の男たちが、黙ってあとをついてくるようなタイプの女を求めているらしい。

それはわかるような気がする。今は、変化の時代だ。日本を取り巻く状況も、日本国内の状況も急速に変わりつつある。優良企業に入社できても安心できないし、どんな社員でもいつリストラされるかわからない。どうやって生きていけばいいのかわからない男たちが増えている。

匿名女性の話を記事にする愚

そういう男たちは、いい大学に行き、いい会社員や公務員になり、社会人になったら力のある派閥《はばつ》で可愛がられることで安心感を得てきた。今では、そういう生き方ではダメなのだと繰り返しマスコミはアナウンスする。それではどういう生き方をすればいいのか、誰も教えてはくれない。そういう男たちは不安感を力に変えることもできない。

そういう男たちは、他人に頼って安心感を得ようとする。付き合っている女や、自分の妻となった女に従順さを求める。外の世界では自信がなく、安心感もないので、恋人や妻という自分にもっとも近い相手を服従させることで満足感を得ようとするのだ。

そういう男は暴力的になることが多い。彼らは自分の女だけは自分の味方で自分の言う通りになると思っている。そういうタイプの男は、女が少しでも反抗の素振《そぶ》りを見せると、切れやすい。唯一依存できる存在だった女が従順ではなくなるのは彼らにとって大変なショックなのだ。

しかし、付き合っていた男のことを匿名でマスコミにたれ込むような女は最低だし、そんな女の言うことを記事にするマスコミも最低だ。そんな最低の女にだまされたり惚れたりした男も最低だということになるのかも知れないが、マスコミに自分のプライバシーを売り込むような女は最低だというアナウンスはほとんどされることがない。

わたしは決してクリントンが好きなわけではないし、アメリカには悪いところもたくさんあるが、簡単に辞職したりテレビの番組を降りたりする日本の男や匿名でマスコミにたれ込む日本の女よりもクリントンやモニカ・ルインスキーは強いと思う。クリントンがモニカ・ルインスキーと何らかの性的な関係を持ったことについては、アメリカの議会も国民も、それが「プライバシー」に属するものだとして、言及しなかった。問題は大統領が嘘を言ったかどうかだったのだ。

公費の出張に同行したかどうかが問われているようだが、それはその男が属する会社・省庁の中で裁かれればいいことであって、一般社会、つまり世間が罰することではない。

マスコミも自信を失っている。先行きが不透明で、当面の景気も日本経済の未来も見えてこないことで苛立ち、焦り、確固たる価値観を持てないでいる。誰に対して怒ればいいのかもマスコミにはわからない。IMFやウォール街に対して怒りを表明しても日本語で書かれた雑誌を読むのは日本人だけだ。

マスコミはますますスキャンダルだけを追うようになるだろう。それしか売れるものがないからだ。マスコミが提出する情報がまったく価値のないものになってしまった。非製造業の非能率性がよくニュースになる。非製造業は国際競争にさらされることがなく、国内の既得権益をうまく利用して棲《す》み分けを続け安住してきた。

他人の不幸で喜びを得る人々

匿名だからと女のたれ込みを拒否するような毅《き》然《ぜん》とした態度を今の日本のマスコミに求めても無理だろう。そうやって日本の世紀末のスキャンダルは続く。これからも匿名の女のたれ込みは増えるだろう。そうやってほとんどの人間が自分の不安を人の不幸で紛らわせる時代が続く。

断っておくが、わたしはスキャンダルで失脚した検察官やニュースキャスターを擁護しているわけではない。ああいう人間がどうなろうと知ったことではない。

問題は、匿名でスキャンダルを作り出す人間を歓迎してしまうマスコミとそれを喜ぶ国民だ。そういう繰り返しの中で、日本経済が失速したまま、二十一世紀が始まる。

三十も四十も年上のオヤジとの金がらみのセックスを望むのはどんな女なのだろう？　たぶん自己評価が低く、頭の悪い女だと思う。つまり本当にかわいそうな女だ。そういう女はこれから増えていくだろう。均一的な平等社会が崩壊していくからだ。

一億総中流、横並びの意識は次第に消えていき、日本人はますます寂しさを感じるようになる。セックスしか「売りもの」のない女も増えていく。そういう女にだまされる寂しい男も増えていく。当然、匿名のたれ込みも増える。マスコミはますますスキャンダルを売る。他人の不幸で喜びを得る日本人も増え続ける。

まあ、他人のことは放っておきましょう。わたしは自分の仕事とごく親しい人間関係を充実させることにします。

男が無謀なことをする真理

中田英寿のいるイタリアのペルージャというチームがセリエA残留を決めた、と言っても、サッカーを知らない人は何のことかわからないだろう。わたしもここでサッカー講座を開くつもりはないので、サッカーの魅力を語るのはまた今度にします。

それでは何で中田の話を出したのかというと、セリエA残留をかけた試合を見ていて、サッカーというものはひょっとしたら女性にはわからないのではないかと思ったからだ。ペルージャの最終戦の相手はミラノに本拠地のあるACミランというチームで優勝がかかっていた。ものすごい試合だった。イタリア人であるあなたたちがサッカーが好きなのはよくわかった。わかったからもう少し冷静に試合を見て欲しいし、選手たちは冷静に試合をして欲しい、みたいなことを一瞬考えてしまったが、A(一部リーグのこと)残留と優勝がかかった試合なので、ゲームが激しく熱いものになるのはしょうがないことだった。

観戦する試合が激しいゲームや熱いゲームになるのは望むところだが、その最終戦はテレビで見ているだけで非常に疲れてしまった。もうこの先三カ月くらいはサッカーを見なくてもいいや、と思ってしまった。誤解のないように言っておくが、わたしだってサッカーが大好きだ。昨年はワールドカップを見にわざわざフランスまで行ったし、中田のいるイタリア・ペルージャには回数にして三回、延べ一カ月半滞在した。村上さんはどうしてそんなにサッカーが好きなんですか、と知り合いに言われるくらいサッカーは好きだ。

でも、イタリア人とは比べられない。イタリア人は「好き」というレベルではない。イタリア人にとってのサッカーは、水か空気のようなものだ。水や空気が好きという人はいないだろう。それは好き嫌いではなく、なくてはならないもの、それがなくては生きていけないもの。サッカーが法律で禁止されたら、イタリアでは暴動が起こるだろう。革命が起こるかも知れない。

人間とゲームのそういった関係を目《ま》の当たりにすると、非常に疲れる。それは微笑ましいものではないし、趣味的なものでもない。そういったものが日本にもあるだろうか。それを奪われると暴動を起こすような何かをわたしたちは持っているだろうか。

サッカーを見ていて、ネットの張ってあるゴールの中へボールを蹴り込むだけ、というばかばかしいと言えばばかばかしいスポーツにどうしてこんなに夢中になれるのだろう、と思うことがある。もちろんイタリア人はそういうことは死んでも考えないだろう。女性がサッカーに向かないと思うのは、こんなばかばかしいことをして何になる、と思うことができる種族だからだ。現実的と言ってもいい。もちろん女性を差別しているわけではない。女性にサッカーがわかってたまるか、と言っているわけではありません。女にはわからん、という言い方は差別だ。わかる必要がない、という言い方はどうだろうか。あるいは、どちらかといえば向いていない、という言い方のほうが正確かも知れない。

女性にもっとも向いていないのは、探検、みたいなやつだろう。女性の登山家はかなりいるようだが、女性の探検家というのは聞いたことがない。探検というのは、どうしても必要な行為ではない。北極を横断したりすると、白熊に襲われて死んだりする可能性もある。北極に住めるわけではないから、人類にとってほとんど意味のない行為とも言える。

生きていくために男たちがすること

アマゾンをカヌーで下る、みたいな冒険もある。何でそんなことをするのか、わかりにくい。アマゾンをカヌーで下ったって、GDPが増えるわけではない。第一、無謀だ。無謀なことは女性には向かないような気がする。無謀なことは現代ではほとんど必要がなくなっている。普通に会社に行って、普通に食事して寝る、健康で、愛する家族なんかがいたりすると、もうそれで充分ではないかということになる。休日に山に登るのは健康のためにもいいだろうし常識の範囲だが、北極を横断するとなると、女性はたいてい、そんなバカなことを何でしなきゃならないの、と反対するだろう。

男は、いつもではないが、ときどき無謀なことが必要になる場合がある。どんなときなのか、と聞かれてもうまく説明できない。

大昔、わたしたちの祖先がまだ洞窟《どうくつ》などに住んでいた頃、木の実を拾って食べたり、イノシシや鹿の肉を食べたりしていた狩猟採集時代、わたしたちの祖先は洞穴《ほらあな》や竪穴式《たてあなしき》住居で、文化人類学ではバンドと呼ばれる二十〜三十人単位の部族生活をしていたらしい。

そういう時代に何らかの理由で食料が極端に不足した、と想像して欲しい。吹雪が止まない。干ばつで木の実が全滅した。疫病が襲って食料となる動物が死に絶えた。いろいろな理由が考えられるが、そういったとき、何かしなければいけない。部族全員が移動するのはリスクが大きすぎる。洞穴の周囲数キロが部族の行動範囲で、その外側の情報を持っていないからだ。危険な敵がいるかも知れないし、どこまで行っても食料などないかも知れない。

誰かが代表で情報を得るために「探検」に行かなくてはいけない。それは無謀なことだが、部族の運命がかかっているので、しょうがないし、トライする価値がある。そういった場合、誰が部族を代表して、探検に行くだろうか。部族全体の存続を考えた場合、まず絶対に行ってはいけないのが妊婦と赤ん坊と幼児だ。彼らは部族の将来を支える大事な財産だ。

その次に大事にされるのが、老人と子ども、それに子どもを産むことのできる女たちだろう。老人と子どもは体力がないので、探検には使えない。残るのは青少年と成人した男ということになる。

彼らの中でもっとも体力があり知恵もある男が、全員が生存できるための情報を求めて、探検に旅立つのである。それは多分に無謀な行為だが、部族全員の生存のためには必要な行為でもある。

コストに敏感になっていますか

というわけで無謀な行為が女性に向かない理由がほんの少しだけ明らかになった。今の時代では、決死の探検の重要性は減ったが、情報が何よりも大事だという点では大昔と変わらない。そしてより質の高い情報を入手するというときに、女性にしかできないこと、つまり妊娠、出産、子育てといったことはかなりの時間をロスさせてしまう。もちろん現代においては、女性の妊娠と出産と子育てのコストは狩猟時代に比べると幾分かは軽減されている。だが、ハンディがないわけではない。

戦争という行為も無謀なことであることが多い。ＮＡＴＯによるユーゴへの空爆も、全世界的な賛同と理解を得ているとは言いがたい。空爆なんてかわいそうなこと早く止めればいいのに、そう思っている女性は多いだろう。戦争に関して、案外見落としがちなのが、その莫大《ばくだい》なコストだ。要するにものすごいお金がかかるわけです。一説によると、今回のNATOの空爆は一回の出撃で約一〇〇億円かかると言われている。マイコンを組み込んだコンピュータ制御のミサイル一発の平均の値段は約二〇〇〇万円だし、巡航ミサイルである有名なトマホーククラスになると一億五〇〇〇万円以上だ。ミサイルを百発撃てばそれですでに二〇億円でそのお金は誰か（NATO加盟国の国民の税金だろう）が、ミサイル製造業者に支払っているわけだ。

湾岸戦争でも使われたハイテクを満載したF15Eイーグルという全天候型の戦闘爆撃機は一機約七〇億円。レーダーに探知されにくい見えない戦闘機として有名になったF117ステルスになると一機一七〇億円という値段だ。一七〇億と簡単に言うが、それだけのお金があると、日本全国四十三カ所に点字図書館を造ることができる。

話は変わるが、『バブル・ファンタジー　あの金で何が買えたか』（小学館）という絵本を作っている。不良債権の処理に公的資金が導入されて何とか救われたわけだが、あなたは、たとえば山一證券の簿外債務である二三〇〇億円という数字をイメージできるだろうか？　二三〇〇億円というお金は、ロールスロイス社をまるごと買収し、ボルドーの平均的なワイナリーを百～二百社買収し、Ｆ１のチームを買収し、さらに映画『タイタニック』とアニメ『美女と野獣』を製作して、まだお釣りが来るほどの金額だ。

だまされないための第一歩は、コストに対して敏感になることだと思います。

共通した「女の生き方」なんてない

ニューヨーク経由でキューバに行った。軽飛行機をチャーターしてカーヨ・ラルゴという島に行ったりして、久しぶりに日焼けしてしまった。カーヨ・ラルゴでは、シュノーケルで珊瑚礁《さんごしょう》の海に潜り、またその周囲一キロがすべて水深二十センチほどの浅瀬、というわけのわからない白昼夢みたいに美しい無人島に行った。その島にはイグアナがいた。

今日帰ってきたばかりなので、まだ頭が日本仕様になっていない。つまり、ポーっとしている。あの島の美しさはいったい何だったんだ、とポーっと考えているわけです。

キューバからの帰りは、メキシコシティ、LA経由だった。いつものことだが、メキシコ、ロスと日本が近づいてくると、現実に引き戻される感じがしてくる。極めつきは、ロスからの戻りの飛行機の中の日本の新聞や週刊誌だ。二週間ぶりに日本のメディアに触れると卒倒しそうになった。

通信傍受法や国旗・国歌の法制化、児童の虐待や活動を再開したオウム真理教の問題など、どういう風に進展しているのだろうと紙面を見てもそんなことはどこにも載っていない。記事として載っているのは、サッチーと呼ばれるおばさんが夫であるプロ野球の監督の頭を金属バットで殴ったとか殴ってないとか、あるテレビ局の女性アナウンサーが深夜どこかのパブで誰かタレントと食事をしていたとか、部屋の間取りが子どもの教育に影響するとか、海に漂っている昆布から出汁《だしじる》はでているのかとか、そんな記事ばかりだった。

日本にいると当たり前のこととして慣れっこになってしまうのかも知れないが、海外に滞在したあと、急に日本の週刊誌を目にすると異常だと思う。なぜなのかはわからないが、もっともその傾向が強いのはキューバからの帰りだ。

エッセイでキューバのことを書いたりしても実状はほとんど伝わらない。キューバは貧しいが明るい、と書くと、単に能天気なのではないかと誤解されてしまう。逆に、日本のことを話してもキューバ人には理解できないようだ。

不況で中高年の自殺者が増えている、などと言うと、街に失業者が溢れているのか？　暴動が起きているのか？　生活物資が買えないのか？　肉などは足りているのか？　餓死者が出ているのではないか？　という風に彼らは誤解しかねない。

餓死者は出ていないし、デパートの食料品売場には食べきれないほどの食料が溢れているし、高価な宝石や時計がよく売れているらしくて、メルセデスやＢＭＷが相変わらず高速道路をぞろぞろと走り、政府は銀行に七兆円というようなものすごい金を注入し、銀行には金がだぶついていて、失業率はヨーロッパに比べるとまだまだ低い水準だが、それでも日本は不況で、リストラされた中高年の男たちに自殺が増えているのだ、みたいなことを言うと、キューバ人たちは何が何だかわからない、と頭を抱えてしまうだろう。

何かが変なのだが、それが何なのか、日本人にはほとんどわかっていないように見える。それは日本を外から見ていないからかも知れない。確かに景気は悪いが、それは数年前を１００とした場合に、96とか94というほどのものでしかない。失業率にしても、日本より低いのはアメリカくらいで、スペインなどは二十パーセントを超えているが、スペインで自殺が急増しているという話題は聞かない。

海外から帰ってくると、日本人の自信喪失の凄まじさはいったいどうしたことだろう、と思ってしまう。それで、しばらく日本にいるとその状況になれてしまうという現実もある。メディアはそういう状況に対し何かできるはずだが、これが見事に何もしていない。わざと何もしていないように見える。わたしたちはこの奇妙な状況に対し、実は何もできないのです、ということをえんえんと言っているような感じさえする。

それはなぜなのだろうか？

誰にも共通の話題はなくなっていく

国民、またはある層の国民、という概念が成立しなくなっている気がする。この『SAY』という雑誌は二十代から三十代前半の女性を対象に作られているようだ。『SAY』の読者の偏差値はどの程度なのだろうか？　都市部に住んでいる女性のための雑誌なのだろうか、それとも地方に住んでいる女性が主に読むのだろうか。読者の平均年収はどのくらいだろうか。

たとえばおじさん雑誌の代表である『文藝春秋』などは、だいたい三十代後半から七十代までの男性が読む、ということになっている。『週刊プレイボーイ』などは、十代後半からせいぜい三十代後半までが読者層だと言えるだろう。

一昔前、それらの年代別の読者層には共通の話題が多くあった。たとえば男性誌だと、海外でのゴルフや、高級な洋酒やスポーツカーやブランドもののスーツなどに誰もが憧れていた。今も憧れがなくなったわけではないが、それらを持っている男はすでに持っているし、持っていない男はどうやら永遠にそういう世界には縁がなさそうだということがわかってきた。たとえば二十代後半の男に共通した興味といったものが極端に少なくなってきたのだ。あえてそれを探せば、それはセックス、つまり女の裸だということになる。だから男性誌の共通点はヌードしかない。

男に比べると、女性には共通した興味がまだいくつか残っている。ファッションや化粧品やダイエットや占いなどだ。だからどちらかといえば男性誌より女性誌のほうが存在価値があると言えるかも知れないが、状況としてはそれほど変わりはない。

これからの女性の生き方、みたいな特集をしても女性誌はまったく売れない。一昔前は人気のあった恋愛特集、セックス特集みたいなやつも今はダメらしい。売れるのはほとんどファッションと化粧品のカタログと化した雑誌だけだ。だがそれは女性がバカになっているからではない。

二十代後半の女性のこれからの生き方、という概念が成立しなくなっているからだとわたしは考えている。ニューヨークに六年住んで英語とフランス語がぺらぺらで、大学では心理学を勉強し博士号を持っていて、現在は大手の広告代理店でインテリアの営業企画を任されている、という二十八歳の女性と、地方の商業高校を出て地方の不動産会社に事務職として十年間勤務し、気がついたら二十八歳になっていたという女性では、「これからの生き方」を考える幅が大きく違う。

全員一律は必ず終わるのだから

全員一律、みんな一緒、というのがこれまでの日本でのメインの考え方だった。その考え方の背景には、近代化という日本国の大目標があったわけです。終戦後の焼け跡から復興を果たし高度経済成長を続ける過程では、みんなが、つまり総理大臣から道路清掃作業員まで、みんな一緒に豊かになることができた。

これから日本の景気や経済がどうなるのか、はっきりしたことはわたしにはわからないが、一つだけ確かなのは、全員一律、みんな一緒、ではなくなるということだ。それではどういう人がより豊かな暮らしができるようになるのか。どういう人が充実した人生が送れるのかということになるわけだが、それはきっと自分に訓練を課した人だろう。他人にはできないことができる人、ある何かが他人よりうまくできる人、あるいは他人より飛び抜けて容姿が美しい人。実にはっきりしているが、今の日本ではそういうことをはっきり言うのはなぜかタブーになっているようだ。

そういう視点に立って、やっと中高年の自殺が理解できるようになる。彼らには訓練の時間があまり残されていない。

妻や恋人を殴ったり、アルコールや麻薬や宗教に逃避したり、あらゆることに自信を失くしセックスだけに依存するようになり数多くの女性をモノにすることだけが生き甲斐だという男のことも、恋人に嘘ばかりつくような男のことも、ある程度は理解できる。つまり彼らは何の訓練も経てきていない男たちなのだ。

そういう男たちは、生きていく自信がないので、もっとも近い人間に甘える。もう何度も書いてきたことだが、そういう男たちには恋愛はできない。恋愛だけに依存し、恋人に甘えて自信を得ようとするから、恋愛が要求する「時間」を支えることができないのだ。

じゃ女性はこれからどうすればいいのか。

すべての女性に共通した答えはない。あなたの訓練の度合いと、あなたの容姿で、解答はまったく違うものになるからだ。

地球が終わるとき

ハウステンボスに行ってきました。あれだけきれいな街並みなのに、あまり客が入っていなかった。もっとも大きい理由は、アクセスの悪さだと思う。長崎空港までも遠いのに、さらにバスかタクシーか電車か船で小一時間かかる。

ハウステンボスはバブルの絶頂期に造られた。バブルといえば、『バブル・ファンタジー　あの金で何が買えたか』という絵本を出版しました。バブル後に生まれた巨額の不良債権とそれを抱え込んだ銀行に注入された公的資金、その金はいったいどのくらいの額なのか、もし手元にあったら何が買えたのか、というようなことをかわいらしい絵本で表現したものです。たとえば、中央信託銀行（この銀行知ってますか？）への公的資金額一五〇〇億円があれば、アップル社が買収できる、というような感じで、創造力を刺激する大人の絵本です。興味のある方は、ぜひ本屋さんで手にとってご覧ください。

みなさんは、どうして総額七兆円の金が各銀行に注入されたか知っているだろうか？乱暴に言うと銀行の借金を減らすためだが、それら個別の銀行の債務を減らしたり、銀行員の給料を払ったりするというより、金融システムを救済したということになっている。

銀行には多くの人や企業が金を預けているし、金を借りている。銀行間での巨額の金の貸し借りもある。大きな銀行が一つ潰れると、その銀行に金を貸していた他の銀行も潰れる可能性があるし、従業員が大勢いる大企業が潰れる可能性もある。そういう危険性をシステミックリスクと言うが、まさにそういう事態を避けるために公的資金が注入されたわけです。

バブル経済がわたしたちに残したもの

ところが、そういうアナウンスがまったくなかったし、経営を間違えた責任者も弾劾されることがほとんどなかったし、果たして公的資金が注入されることが正しい措置なのかどうかもほとんど議論されなかった。

だいたい銀行の借金・バブル崩壊による損失が正確にいくらあるのかもはっきりしな

かった。前述したシステミックリスクがあるのはわかったが、それでは金融システムを救うために、正確にどのくらいの金が必要かもわかっていなかった。不安感が広がってはいけないという理由によって、各銀行の帳簿は厳密には公開されなかった。

銀行を救った公的資金はわたしたちの税金によってまかなわれる可能性がある。ただし、どうしてそんなことを、と文句を言ったって、もう遅いし、政府も大蔵省も銀行も聞く耳なんか持っていない。国会前でデモをしたって、その金は戻ってこない。こういうエッセイでいくらわたしが怒っても、既得権益を持つ連中は痛くも痒《かゆ》くもない。

逆に誰かがしょっちゅう怒ってくれたほうがガス抜きになって好都合なのだ。それではわたしたちはどうすればいいのか？　とりあえず大事なのは「知る」ということだ。まず、一〇〇〇億という金がどのくらいの金額なのかを知ることが大事だという認識に立って絵本『あの金で何が買えたか』は企画された。

一〇〇〇億あれば何が買えるのか、一兆円だったらどうか、ということを正確にイメージできるようになることは大事だし、だまされないための第一歩だと思います。ちなみに一〇〇〇億円は、映画『タイタニック』が四本作れる金額で、一兆円もあればあのCNNを買収できる。

バブルは本当に泡のように消えてしまったが、わずかながら残っているものもある。その一つの例がハウステンボスだ。ハウステンボスは約三〇〇〇億円を投じて造られた。ゴミ処理のために開発され、荒れ地のまま放置されていた海岸沿いの広大な空き地に街が誕生したのだ。そこに、主だったオランダの建物が建ち並び、マリーナがあり、いくつものホテルが建ち、常に美術展やコンサートが開かれ、春には百万本のチューリップが花を咲かせ、いけすのあるシーフードレストランや「エリタージュ」という極めて質の高いフレンチレストランもあるし、一本の木も切らないという環境重視の設計思想は大村湾《おおむらわん》の生態系をそのまま保てるように工夫が凝らしてある。

わたしはハウステンボス・ホテルヨーロッパのロイヤルスイートルームで原稿を書き、シーフードレストランでイカや鯛《たい》や平目のお刺身を食べ、ブラジルのサンバチームやルーマニアの前衛的な民族音楽の演奏を楽しみ、夏の夜空で交錯する花火とレーザービームのショーを見て、美術館ではピカソ展を見て、ジャック・ニクラウス設計のコースでゴルフをし、夕暮れのコートでテニスをして、プールで泳ぎ、ジャクージとスティームバスで疲れをとり、ボートに乗ってクルージングを楽しみながら近くのいけす料理屋で蟹《かに》とエビとサザエを食べ、皿ウドンとチャンポンを食べ、カラオケで香港人チームとオランダ人チームとルーマニア人チームとわたしたち日本人チームで対抗戦をやり、最後の夜は「エリタージュ」で超美味のフレンチを食べた。

バブルの反省は大切だが、バブルは、そういった金と時間と気力さえあればいくらでも楽しめるような、質の高いテーマパークも造り上げたのである。

終末を考えるとき一番大切なこと

どうもこのまま日本経済は一時的に、またなし崩し的に回復してしまいそうな感じもする。「日本的なシステム」という問題を考えるいい機会だったのだが、中途半端なまま一時的に回復しそうだ。

決定的な亀裂が入った恋愛関係が、話し合いが持たれることもなく、何となく回復軌道に乗るのに似ているかも知れない。だが根本的な問題が解決したわけではないから、またいつか必ず矛盾が噴出する。恋愛関係にたとえると、必ず衝突が起こる、お互いを信じ合っているわけではなく、セックスその他でごまかし合っているだけなので、いつか必ず破綻が来る。セックスでごまかし合えるような関係だったらまだましだろう。

もうノストラダムスの七月も終わってしまったが、五月にパリに行ったとき、有名な牧師が書いた終末本が話題になっていた。七月にパリが消滅するという内容の本だ。フランス人はそういったばかばかしいことで盛り上がるのが好きだ。ムラカミは七月の終末説をどう思うか、と聞かれたので、終末そのものには興味がないと答えた。

「ただし、地球と人類の終末が迫ったときに、各人が何をするか、には興味がある」

そう言うと、今度はその話題で盛り上がった。ひたすらうまいものを食べてバイアグラをのんでセックスし続ける、という男性もいたし、祈る、という人も、子どもと遊ぶ、という人も、クラブで踊り続ける、という人もいた。七〜八人その席にいたが、セックスは意外に人気がなかった。あんなことしながら死んでいくのはイヤだ、という意見が多かった。だいたいセックスを始めてすぐにどっかーんと来たらバカみたいだし、途中でどっかーんと来てももったいない感じがするし、終わったとたんにどっかーんと来ると余韻を楽しめない。

終わってしばらくしてどっかーんと来ると、きっと死が恐くなるだろうし、とにかくセックスは「生きている」という実感と共に楽しむもので、死んでいくときにはふさわしくないのではないかという意見が多かった。

終末を迎えるときにどんな音楽を聴くか、という話題も出た。バッハとモーツァルトがもっとも多く、その他にはビートルズやジュリエット・グレコの名前もあがった。終末を迎えるときに何を食べるかという話題もあった。フォアグラやキャビアという人もいたし、年代物のワインを飲むという人もいた。

わたしは、何をして、何を聴き、何を食べるかではなく、誰と一緒に終末を過ごすかが最大の問題だと言った。みんなその意見にはうなずいた。

解説

黒谷友香

最近、

「恋もしない彼もいない、仕事が一番の生活って悲しいと思いませんか？　それで本当に、いいのですか？　どうして恋愛に興味がないの？」

という質問をされてしまった。それは、私が今は仕事を頑張りたいので、あまり恋愛には興味を持てないんです。と言ったからだ。まさか、それに対して「悲しい」という表現を使って返されるとは思わなかった事と、同情と軽蔑の入り交じった眼差しを向けられても何故だかわからないけれど、正面から反論出来そうにない自分を感じて、もどかしい気持ちと、何でそんな目でみられないといけないのかという腹立たしい気持ちが交互に顔を出す。

相手は、そんな強がり言ってないでさ、本当は悲しいんでしょう？ そうじゃなかったらおかしいよっ、と言わんばかりだ。自分でも、何でこんなに腹が立つんだろうと不思議だけれど、本当にそう思っていたので、もう一度繰り返す。

「別に悲しいとは、感じませんよ。本当に今は興味がないんです。」

これっておかしい？ 私にとっては今の、仕事中心の生活が一番落ちつくんだけれど。でも、人から見れば、それは、楽しみもない悲しい生活という風に映ったりもするし、世の中にはいろんな人がいるんだわと改めて思った。

でも、なんであんなに腹が立ったのかは、それからしばらくの間、わからないままだった。

それが、村上さんの「誰にでもできる恋愛」を読んで少し理由がわかった気がする。私も「悲しい」とは思わないけれど、「寂しい」とは感じているのだ。村上さんは、誰にでもできる恋愛など、ない。本当に恋愛する資格を持つのは、自立した男女であって、様々な形があるであろうリスクも負える人間でしかないと本文で書かれている。私も全く、その通りだと思う。私の場合のリスクとは、一体、何なのだろう？　多分、今、私が恋愛に走ると（敢えて恋愛に「走る」という言葉を使う）、仕事に向けるエネルギーは、半減まではいかないけれど、確実に私の場合減る。そしてそれが正直、恐いのだ。そんなリスクをしょってまで、恋愛というものに走りたいとは思わない。そういう自分が、恋愛を本当に大切に思えるわけがないのだ。だったら、気持ちをセーブする方を選ぶ。今はそういう時期なんだと思えば、自然にセーブできる。そうしないと私が私でなくなってしまう気がする。私が、恋愛する自分も含めて、私を私だと感じられる事が自立しているということなのかもしれない。そうでない環境で相手に向かう事が失礼だと思う。

人間は本質的に寂しさと共にあるらしい。生まれおちて、母親の腕に抱かれている間は、寂しさを感じることなく生きていられるが、成長して、母親の腕から降りた時から、自分と母親は違う存在だということに気付かされる。それは、私達に自由を与えると同時に、寂しさをも与えることになる。自由を手にした喜びと相反し、寂しいという感情は常に私達につきまとっている。それは孤独感にもつながるものだが、その気持ちが人間の出発点で、それがないと、他者との関わりはあり得ないところもあると思う。だから人は他者を求めるし、その関わりが自分の世界を形作っていく。恋愛においていえば、普通の関係性よりも深い関係性が生まれるわけだから、その影響力も大きくなる。相手が生まれてから様々な経験や多くの他者との関わりを通して培った世界観と出会うのだ。その器が大きければ大きい程、自分はそういう他者と関わりを持ちたいと思う。それには努力が必要で、私の場合は、それが仕事になる。常に自分の中に目標を定めて、そこに向かうあらゆる過程を自分が希望を持ってやりとげる。そうすることによって他者との関わり方や、自分の可能性も広げていけると思う。インタビューを受けた時は、ただ何となく思っていただけで、どうしてそう思うのかがハッキリとしていなかった。最初に、「という質問をされてしまった」と書いたのは、一番自分が大切にしていなければならないものの価値がわかっていなかった自分の痛いところ、恥ずかしいところを指摘されたからだ。今の自分を支えるものなのに情けない限りだった。

読んでいる間、ずっと村上さんの話題の豊富さに驚いていた。私は題名から自然と、恋愛について書かれたエッセイなのだと想像していたのだけれど、その内容は、恋愛にとどまらず、社会や世間、国家、教育、歴史、バブル崩壊、経済、政治などなど、実に幅広い。特に「恋愛をあきらめないための選択肢」という章で、橋本龍太郎氏が先進国首脳会議に参加し、イギリスのブレア首相が主催したコンサートで披露した無気味な踊りが、恋愛につながってしまうのにはびっくりした。それをテレビで見た村上さんは「わたしの元気を奪い、生きる勇気をくじくものだった」と書かれていた。それを読んだ時は、思わずふき出して笑ってしまったが、よく考えてみると、この個人的な視点こそが大切ではないかと思う。そういう視点で物事を捉えることが出来るかどうかが、自立した人間と、そうでない人間の違いかもしれない。関係ないと言ってしまうのは簡単だけれど、そうしてしまうことは、自分の世界観を狭めてしまう気がする。他者との関わりを求めるならば、積極的に個人としての視点の範囲を広げていきたい。

「誰にでもできる恋愛」を読んで良かったと思う。実は、村上龍さんの作品を読むのはこの作品が初めてになるのだけれど、とっても刺激を受けたし、はっきりと物を言う姿勢に憧れてしまった。とりあえず、近いうちに本屋さんに行って、小説の方も読んでみようと思っている。

――女優

この作品は二〇〇〇年二月青春出版社より刊行されたものです。

幻冬舎文庫

●好評既刊
五分後の世界
村上　龍

気づくと、硝煙の匂う泥濘《ぬかるみ》を行進していた小田桐……。現在より五分時空のずれた地球では、もう一つの日本が戦後の歴史を刻む。世界屈指の戦闘国家となった日本国の聖戦を描く衝撃の長編小説。

●好評既刊
ピアッシング
村上　龍

惨劇は、殺人衝動を抱えた男と自殺願望を持つ女が出会った夜に始まった。誰の心にも潜む、もうひとりの自分が引き起こすサイコスリラー。恐ろしいまでの緊迫感に充ちたベストセラー、文庫化。

●好評既刊
「普通の女の子」として存在したくないあなたへ。
村上　龍

自分を許せない時期は辛いが、その先にしか素敵な笑顔はない。もっとすてきな自分、すてきな時間をイメージしているあなたに捧げる、「an・an」に連載された村上龍の鮮烈なメッセージ。

●好評既刊
オーディション
村上　龍

再婚相手を見つけるため、42歳の青山重彦はオーディションを行う。彼が選んだのは24歳の山崎麻美だったが、彼女の求める愛はあまりにも危険だった。迫真のサイコホラー・ラブストーリー。

●好評既刊
KYOKOの軌跡　神が試した映画
村上　龍

主演女優・高岡早紀以外は全て外国人スタッフで製作された監督第五作「KYOKO」。ロングインタビューをはじめ、撮影日誌、シナリオも完全収録し、村上龍の魂の軌跡を明らかにする。

誰《だれ》にでもできる恋愛《れんあい》

村上龍《むらかみりゅう》

平成13年4月25日　初版発行
平成17年3月20日　6版発行

発行者——見城徹
発行所——株式会社幻冬舎
〒151-0051東京都渋谷区千駄ヶ谷4-9-7
電話　03(5411)6222(営業)
　　　03(5411)6211(編集)
振替00120-8-767643

印刷・製本—中央精版印刷株式会社
装丁者——高橋雅之

幻冬舎文庫

ISBN4-344-40102-6　C0195　む-1-14